KAKASHI
RETSU
DEN

カカシ烈伝

六代目火影と落ちこぼれの少年

岸本斉史
MASASHI KISHIMOTO

江坂 純
JUN ESAKA

目次

contents

KAKASHI RETSUDEN

The sixth Hokage and the failure boy

character

人物紹介

はたけカカシ

HATAKE KAKASHI

六代目火影。かつて「写輪眼のカカシ」の異名を誇る。現在はナルトに火影の座を譲っている。

ナナラ

NANARA

烈陀国(レダクこく)の先王の息子。先王亡きあと宰相に疎まれ、首都から離れた辺境の薙苓村(ナガレむら)に住んでいる「落ちこぼれ」の少年。

マナリ

MANARI

烈陀国を治める女王で、ナナラの姉。王は「水鈷(シュイグ)」と呼ばれる法具で雨を降らせる役目を負っているが、うまく扱えずにいる。

prologue 序章

「っあー！　やっと頂上っ……」

ほとんど崖のような岩場の頂に這い上がり、はたけカカシはうんざりと息をついた。

火の国を出て、二十日。

昼夜を問わぬ移動を続け、景色も気候もすっかり様変わりした。

視界の果てまで続くのは、月を素手で割ったように無骨な荒れ地。荒涼とした山々の連なりの向こうに、人の造った街並みらしきものが小さく小さく見えている。

長い道のりだったが、ようやくここまで来た。あと三つ四つ山を越えれば、とうとう目的の国に到着だ。

温泉あるかな……。

地形から考えて望み薄だとは知りつつも、前向きな希望を胸に抱いて、カカシはかかとでガリガリと斜面を削りながら崖を滑り降りた。身体を覆うマントがはためいて、くすんだ崖肌に深緑色の軌跡を残していく。

向かうは、烈陀国。周囲にそびえる頂の目を盗むようにして、山間の平地にひっそりと作られた都市国家だ。外界からほぼ完全に隔絶（かくぜつ）されたこの国は、半（なか）ば伝説のような存在で、数々の詩にうたわれては五大国の人々の想像をかきたててきた。

岩と砂ばかりの山脈に忽然（こつぜん）と現れる、恵み豊かなオアシス。四季を通して水と緑にあふれるこの土地で、人々は何世紀も変わらぬ自給自足の生活を重ねながら、おだやかで美しい日々を生きる。古（いにしえ）の時代には、あの六道仙人（りくどうせんにん）がこの地を気に入り、連れの獣（けもの）とともに静養した――それが、詩にうたわれる烈陀国（レダク）の姿だ。

しかし。

現実の烈陀国（レダク）は、詩人が伝える長閑（のどか）な世界観からは、遠くかけ離れていた。

ここが……本当に、あの烈陀国（レダク）なのか？

首都に入ったカカシは、眉間（みけん）のしわを深くして、周囲を見まわした。

町は、鬼に憑（つ）かれたように淀（よど）んでいる。

乾いた風が砂塵（さじん）をはらんで吹き抜けるたびに、干（ひ）からびたような死臭が鼻を突いた。

あたりは恐ろしいほど静まり返り、人の話し声はおろか、鳥の鳴き声すら聞こえない。

路肩に打ち捨てられた荷車の上には、やせ細った山羊（やぎ）の死体がいくつも無造作に積まれているが、死臭の出所はここだけではなさそうだ。

切り出した岩を敷（し）いた道の両側には、この地方に特有の、日干（ひぼ）し煉瓦（れんが）を泥で積み固めた長屋が並んでいる。大きさからして、おそらくほとんどが民家だろうが、肝心の住民たちはどこへ行ってしまったのだろう。

飢饉でもあったのか――？

嫌な予感を覚えながら、中心部に向かって歩を進める。

この町の標高は、およそ四千メートル。すっかり酸素のあせた空気が胸に詰まって、自然と呼吸が浅くなる。

風の音にまじって衣擦れの音を聞き、カカシは足を止めた。

音のした方に視線を向ければ――茶色く変色したハコ柳の木陰に、小さな子供が倒れている。

駆け寄って子供を抱き起こしたカカシは、まずその軽さに驚き、骨を抱いたのかと思うほど瘦せた肩に驚き、そして、窪んでミイラのようになった頰に驚いた。弾力を失った肌にはくっきりとしたしわが浮き、こけた両頰の皮は、頰骨に引っかかってかろうじて顔に貼りついているだけのように見える。

栄養失調と、脱水症状だ。

「水、飲める？」

脅かさないよう静かに声をかけると、子供は窪んだまぶたを重たそうに持ち上げた。黒目がゆっくりとカカシの顔を向く。しかし、それさえ辛いようで、すぐにまた目を閉じてしまった。

　カカシはマントを脱いで枝にかけ、日影を作ると、手のひらの上でチャクラを練り合わせた。水遁で作った水を、子供の口の端に向けて少しずつ零してやる。皮の剝けた唇から、栄養不足で白っぽくなった舌がのぞいて、カカシが落とす水を力なく舐めとった。

　カカシの手のひらを満たすほどのわずかな水を、子供はずいぶんと時間をかけて飲みきった。

　小さな身体を抱き上げ、民家の壁に背を預けるようにして座らせる。子供は、小さな声でお礼を言うと、胸に抱えた布の塊をカカシに向かって持ち上げた。

「……この子にも、お水……ちょうだい」

　麻を編んだ粗い布にくるまれて、赤ん坊の顔があった。土気色の小さな頰に軽く触れると、すでに冷たくなっている。

　カカシはチャクラを練り、指先にのせた丸い水を、小さく開いたままの赤ん坊の口の中に流し込むふりをした。水のほとんどは口の中に入らず布に吸われたが、子供は赤ん坊が水を飲んでいると勘違いしたのか、安心したように目を閉じた。

　この子の親は、どこにいるのだろう。近くの家の戸を開けると、室内はきちんと片付いていて、荒れた様子はなかった。カカシは、部屋の隅に積まれた茶碗をいくつか手に取ると、水遁の水をなみなみ溜めて、子供のそばに並べた。

「ごめんね」

そんな言葉が、喉に貼りついた声で出た。何をどう謝っているのか、自分でもよくわからない。

子供が飢え、赤ん坊が死んでいる。

――一体、この国に何があったのだろうか？

町の中心部は、さらにひどい有様だった。

ガリガリに痩せた死体が、あちこちで砂にまみれている。茣蓙でくるまれているものもあれば、野ざらし同然のものもあった。古い死体は真っ黒に変色して、下っ腹がガスでぱんぱんに膨れている。まだ新しいものは、表皮のあちこちに、中から弾けたような水疱が散らばっている。

他殺らしい死体が見当たらないこと、遺骸の身ぐるみがそっくりそのまま残っていることが、せめてもの救いだった。少なくとも、暴動や虐殺が起こったわけではないとわかる。

長屋通りを抜け、拓(ひら)けた道に出たところで、やっと生きている大人(おとな)を見つけた。背中の曲がった老婆(ろうば)が、干し草を背負って運んでいた。

「見かけない顔だね」

カカシが声をかけるより先に、老婆の方から話しかけてきた。

「あんた、この地区の住人じゃないだろう。一体どこから来たんだね」

「えーと……」

カカシが烈陀(レダク)国へ来たのは、七代目火影(ほかげ)からの要請による。その内容はもちろん極秘で、一般の市民に対して身元を明かすわけにはいかない。

「どこから来たと思います？」

逆に問うと、老婆は「変なことを聞くね」と顔をしかめた。

「そうさなあ、服がずいぶん埃(ほこり)っぽくなってるみたいだから、きっと峠(とうげ)を越えて来たんだろう。薙苓(ナガレ)村からかな？」

「ええ、その通りです」

カカシが話を合わせてうなずくと、老婆は黄色い歯をむき出しにしてからからと笑った。

「ほうら、当たった。道理で顔色がいいわけだ。薙苓(ナガレ)にはまだ、水がたくさん残ってるって言うからねえ。うらやましい限りだよ」

「ほかの住人たちはどこに？」

「大人はみんな、遠くに水を汲(く)みに行ってる。私は足手まといになるから留守番だ。行って帰ってくるだけで半日はかかるからね」

老婆は、両肩を上げて干し草を背負い直すと、深々とため息をついた。

「まったく、やっと洪水の水が引いたと思ったら、今度は水不足だ。先王が亡くなってから悪いこと続きだよ。」

「……先王が、亡くなった？」

「知らなかったのかい？」

老婆は、不思議そうにカカシの顔を見た。

「去年の今頃、突然ね。病気だとか食べ物にあたったとか、いろんな噂(うわさ)が流れたけど、どれが本当なんだか」

「それでは、今は誰が王を？」

「長女のマナリ様が跡(あと)を継(つ)いだよ。いくら薙苓(ナガレ)に住んでるったって、そんなことも知らなかったのか？」

「長らく病(やまい)に臥(ふ)せっていたもので」

「ああ、そりゃあ大変だったね」

老婆が、同情するように目を細めてカカシを見る。

「水不足はいつから始まったんですか？」

カカシが聞くと、老婆はしみの浮いた眉間を歪(ゆが)めた。

「……こんなこと言いたかないけど、マナリ女王の治世になってからだよ。雨が降らなくなったのは」


午後になって、水を汲みに行っていた人々が戻ってきた。肩に担(かつ)いだ天秤棒(てんびんぼう)の先に、水の入った木桶(きおけ)を提(さ)げている。まだ年端(としは)のいかないような子も、壺(つぼ)や水瓶(みずがめ)を諸手(もろて)に抱えて運んでいた。

「一体いつになったら、雨が降るんだろうなぁ……」

肩をさすりながら、一人の男がつぶやく。長い距離を往復して、みんなすっかり疲れ果てているようだ。

人々を手伝って水を運びながら、カカシは桶の水に視線を落とした。渓谷(けいこく)にわずかに残る水源から運んできたというその水には、細かな土や苔(こけ)が混じっていて、とても飲料用にできるとは思えない。

「こんな水でも、飲むしかないのよ。ほかにないんだもん」

　カカシが水面に浮いたボウフラの死骸を指ですくいとるのを見て、日に焼けた若い女が苦笑(にがわら)いで話しかけた。

「あんた、薙苓(ナガレ)村から来たんだって？　びっくりしたでしょう、首都がこんな有様で。渓谷の水源もどんどん干上がっていて、水を汲める場所はもうほとんどないの。一か所だけ、じめじめした日陰の池にまだ水が湧いてるからなんとかなってるけど……そこも、もうすぐ枯渇(こかつ)しそう。そうなったら、この町は終わり」

「どっかの村に逃げようにも、馬なんてねえし。早く雨が降ってくれないと、俺たちはみんな死んじまう」

　別の男が、ため息をついて、空を見上げた。

　海よりも空に近いほどの標高のせいか、空は紗幕(しゃまく)を渡したように青く深い。糸くずのような消えかけの雲が、ゆっくりと尾根をかすめて流れていく。

　カカシは、ひび割れた黄土(おうど)の大地に視線を落とした。

　水不足。

　カカシが事前に得た情報によれば、乾燥気候のこの地において、国を潤(うるお)すのは国王の役目であるはずだ。王は、王家に伝わる「水鈷(シュイグ)」と呼ばれる法具を使って、水を操(あやつ)り雨を降らせる。

それが上手く機能していないということは――カカシは、首都の中央にそびえる石造りの王宮を仰ぎ見た。

おそらく、問題はあそこにあるのだろう。


やがて陽が傾いて、日陰と日なたの境が薄くなり始めると、王宮の最上階に真っ先に明かりがともった。外はまだ十分に明るく、鳥だって余裕で空を飛んでいるというのに、もう貴重な行灯を使い始めるくらいだから、おそらくあそこが王の居室なのだろう。火影室しかり、指導者の居所は人々を見渡せる高い場所と相場が決まっている。

カカシは、空が暗くなるのを待ってから、夕闇に紛れて城の壁を上った。あたりをつけておいた部屋をのぞくと、思った通り。部屋の中央に立った少女は、王族の象徴である橙色のガウンを羽織っていた。女王マナリだろう。

歳は十代半ばくらいだろうか。まっすぐな黒髪を、肩の下まで伸ばしている。うつむいているので、顔はよくわからない。手には、円環のついた金色の杖を握りしめていた。

「あれが、水鈷か……」

カカシは小さくつぶやいた。話に聞いたことはあっても、実際に目にするのは初めてだ。女王のほかに、部屋にはもう一人いる。深紅の法衣を着て、灰色のひげを胸まで伸ばした老人だ。

「マナリ様、ご決断を」

老人が、強い口調で女王に迫（せま）った。胸元に金糸で縫われた牡丹（ぼたん）の刺繍（ししゅう）を見るに、おそらく彼が宰相（さいしょう）だろう。王の片腕を担（にな）う立場で、王家を除けば国内で一番の権力者、のはずだ。

「餓死（がし）者は日に日に増えるばかり。このままでは、飢饉が近郊の村々に及ぶのも時間の問題です。すでに手遅れの状況ですが、今からでも、最善の策を打ちましょう」

「それは……もちろん、私も、そうしたいと思っています。でも、どうしたらいいのか……」

水鈷（シュイグ）を握りしめたマナリの手が震え、円環から垂（た）れた金属の飾りがシャンと音を鳴らした。

「私が、水鈷（シュイグ）を使わなくてはいけないことはわかってるんです。でも、また暴走させたらと考えると、どうしても勇気が出ない……」

「恐れながら」

宰相が、嗄（しゃが）れ声で進言した。

「使えないものを無理に使う必要はないでしょう。ご心配されているように、もしもまた暴走させて洪水を起こしたら、今度は、畑が流されるだけでは済まないかもしれません。我らの首都が壊滅すれば、この国は機能不全に陥（おちい）りましょう」

「でも……この国の王たちは、何世紀もの間、水鈷（シュイグ）を使って土地を潤してきました。彼らにできたのですから、私にもきっと……」

「マナリ様」

　宰相は、大きなため息をつくと、垂れたまぶたの陰から女王をじっと見つめた。

「歴代の王はみな、初めて水鈷（シュイグ）を手にしたときから立派に使いこなされたと記録にあります。誰に習ったわけでなくとも、触（ふ）れたときからその使い方がはっきりとわかったと。しかし、残念ながらマナリ様はそうではなかった」

　青ざめたマナリの顔をのぞき込み、宰相は、猫を撫（な）でるような声色で続けた。

「マナリ様のせいではありません。おそらく、水鈷（シュイグ）を扱うには、生まれつきの能力が必要なのでしょう。マナリ様は、たまたま、それを持ってお生まれにはならなかったというだけです。適性のない道具に、無理に固執（こしつ）する必要はない。水鈷（シュイグ）を使って水を生み出せないのなら、別の方法で手に入れるまでです」

　宰相が窓の方へ歩いてきたので、カカシは窓際（まどぎわ）から少し距離をとった。宰相の足音が止まる。彼が今、窓から首都を見下ろしているのだとしたら、カカシの目に映っているのと同じ光景が見えているはずだ。

煤(すす)けた夜陰に沈みつつある、砂塵(さじん)まみれの煉瓦の町。あちこちの路上でほたが燃え、人々が群がって暖を取っている。

渇ききったこの土地で、人々はそれでも生き延びようと必死だ。だが、きっと長くはもたないだろう。もしもこのまま、水不足が続くのなら。

「……ナナラは、まだ水鈷(シュイグ)を試してないわ。あの子なら、もしかしたら扱えるかも」

部屋の中で、マナリが力なく言う。

宰相は、町を見下ろしたまま、フンと鼻で笑った。

「あの落ちこぼれに、何をさせようと言うのです」

「宰相、失礼ではないですか」

マナリの声が、初めて、少し尖(とが)った。「ナナラは私の弟で、王族の一員です。……一応」

「失礼しました、マナリ様。つい、本音が口をついて出たもので」

宰相は、振り返って慇懃無礼(いんぎんぶれい)に謝罪すると、咳(せき)ばらいをして続けた。「ナナラ様は今、薙苓(ナガレ)村にお住まいです。毎日、ろくに勉強もせずに遊びほうけていると聞く。まぁ、やんちゃな方ですから……水鈷(シュイグ)を使いこなせる器(うつわ)ではないでしょう。あてにはできません」

女王の正面に立ち、宰相は居丈高に迫った。

「マナリ様。ご決断を」

「私は……」

マナリは押し黙り、しばらく凍ったように動かなかったが、やがて、「わかりました」と言葉をしぼり出した。

「もう二度と、水鈷を使いません。あなたの言う通りにします。この国のために、できることをします」

「決まりですな」

宰相は鷹揚にうなずくと、老いた手のひらを胸の前で重ね合わせた。

「国内に水が無いのなら、他国から奪うしかありません。――戦争をしましょう」


良くない状況だ。

人知れず城壁を伝い下りたカカシは、そのまま壁にもたれて思案した。

ここへ来たのは、とある情報を手に入れるためだったが――どうも、放っておけるような状況ではないようだ。人災によって国は疲弊し人々は飢え、それなのにあのバカ宰相は、言うに事欠いて他国に戦争を仕掛けようとしている。

マナリになぜ水鈷（シュイグ）を扱えないのか、現段階ではなんとも言えない。しかし、おおかた発動になんらかの条件があるのだろう。例えば、使えるのは男性だけとか、口寄せ（くちよせ）の術のように契約が必要だとか。先代の王が急死したため、使用条件が正しく伝わっていないのかもしれない。

「ま。調べてみないことには、なんともね……」

ひとりごちて、カカシは王宮を振り返った。この建物の内側は、おそらく宰相の独裁に染まっている。侍女や官僚になりすまして潜入したところで、女王にたどり着くには時間がかかるだろう。

それよりも――

宰相が言うには、薙苓村（ナガレ）にマナリの弟が住んでいるらしい。彼に近づくのが手っ取り早いように思われた。王宮から離れた場所なら宰相の目も届きにくいだろうし、何より元第七班担当上忍（じょうにん）としての血が騒ぐのだ。「落ちこぼれのやんちゃ坊主」と聞いてしまっては。

首都から薙苓村（ナガレ）までは馬で三日ほどかかると、昼間会った老婆が言っていた。カカシの足なら、数時間もあれば着くだろう。

問題は、どのように接触するかだ。

■

草の匂(にお)いのする風がふきぬけて、杏子(あんず)の木がざわざわと葉を揺らす。

先王の長男・ナナラは、遊び仲間のスムレと一緒に、原っぱを駆けまわっていた。

「くくく、六代目火影め。今こそ決着をつけてやろう」

「ふふふ、桃地再不斬(ももちザブザ)よ。お前こそ、早く謝らないと、すごいことになっても知らないぞ」

「問答不要だ！　いくぞ、水遁・大瀑布(だいばくふ)の術！　ブシャアアア!!」

「くっ、そっちがそうなるなら、俺は……紫電(しでん)を放つ！　ブオオオオ！　ドゥクシッ！」

二人は六代目火影ごっこの真っ最中。やかましい足音に驚いたバッタが、朝露(あさつゆ)を散らしてぴょんぴょん逃げていく。

「覚悟しろ、再不斬め！　いくぞ！　土遁(どとん)・どりゅーへきッッ!!」

声を張りあげたスムレが、落ちていた木の枝を拾って振りかぶる。すると、ナナラは急に真顔になって、しらけたように、じとっとスムレをにらんだ。

「おいスムレ、まじめにやれ。土流壁(どりゅうへき)はでっかい土の壁を作る防御の技だぞ！　それじゃあクナイを振りまわしてるようにしか見えないじゃないか」

「あぁ、そっか。あれ？　忍犬を呼び出す技はなんだっけ？」

「それは、追牙の術！　まったく、お前なんにも覚えてないな」

ナナラは、あきれかえってため息をついた。土流壁も追牙の術も、六代目火影の伝説に何度も出てくる超有名技。それなのに、ちゃんと覚えてないなんて、まったくスムレは困ったやつだ。

「ナナラが覚えすぎなんだよ。どんだけ六代目火影が好きなんだっつーの」

すねたようにボヤくと、スムレは持っていた木の枝をぽんと地面に捨てた。

「よし、次は私が六代目火影の役をやる！　スムレ、お前が倒されろ！」

「えー。俺、もうちょっと火影やりたいんだけどなぁ……」

「だめ！　私の番だ！」

言うが早いか、ナナラは、ぎゅっと拳を握りしめ、「ちっちっちっちっちっ！」と口で言いながらスムレに向かって突進した。

「雷遁・雷切！」

勢いよく叫び、スムレの胸に向かって手加減したパンチを繰り出す。

「うわぁっ、効く～～っ！」

スムレが、大げさにのけぞって野原に倒れ込む。ナナラはすかさず覆いかぶさって、こしょこしょとスムレの脇腹をくすぐった。

「ぶはっ、ふは、はは、ははははっ、やめろよっ！　やめろってば！」

スムレも負けじと、ナナラをくすぐりかえす。

二人は身体中震わせて大笑いしながら、草の上をごろごろとおむすびのように転がった。

「あいつら、朝っぱらからまーた火影ごっこしてるよ。飽きないねえ」

「どうせまたナナラが誘ったんだろう。あいつはいつでも六代目火影の伝説に夢中だから」

山羊を引いて放牧に向かう村人たちが、二人の様子を見守っている。


ナナラが薙苓（ナガレ）村に連れてこられてから、そろそろ一年。

以前は、父と姉と一緒に、首都にある王宮で暮らしていた。ここへ来たのは、父が急死して姉が王位に就（つ）いた直後のことだ。

王宮は政治の場ですから、子供がいるのはふさわしくありません。ナナラ様は、もっと田舎（いなか）の方でのんびりお育ちになられるのがいいでしょう。例えば、薙苓（ナガレ）村なんてどうですか？

宰相に体(てい)よく追い払われたのだということは、子供のナナラにだってわかる。だけど、それでも別によかった。しかつめらしい大人たちに囲まれて、窮屈(きゅうくつ)な王宮に閉じ込められるのはもうコリゴリだ。ここには同い年の友達もいるし、村の大人たちもみんな気さくに話しかけてくるので、自分が王族だということを忘れていられる。

原っぱを駆けまわって六代目火影ごっこをしたり、大人たちに六代目火影の伝説を話してもらったり。薙苓(ナガレ)村に来てからの毎日は、楽しくってたまらない。

「ナナラは本当に、六代目火影が好きだなあ」

村の大人は、いつもそう言って笑う。そのたびに、ナナラはむしろ誇らしげに、えへんと胸を張ってみせた。

六代目火影は、伝説の忍者だ。忍者っていうのは、すごい技が使えるとっても特別な連中のこと。烈陀国(レダク)のず――っと遠く、ものすごくたくさん東へ行った先にある「火の国」には、凄腕(すごうで)の忍者がいっぱいいるらしい。そして、六代目火影は全(すべ)ての忍(しのび)を束(たば)ねる、圧倒的すごさのスーパーミラクルカリスマリーダーなのだ。

「六代目火影なんて、しょせんはおとぎ話だよ」

村の大人は、ときどき、こんなふうに意地悪なことを言う。

「土や雷(かみなり)を操ったりできる人間が、実在するわけがない。六代目火影どころか、火の国だって、実在するかどうか怪しいもんさ」

そんなとき、ナナラは決まって、「そんなことはないぞ！」と力いっぱい言い返すのだった。

「六代目火影は、絶対に絶対に、本当にいるんだ。今も生きてて、火の国で、忍者のリーダーをやってるはずだ！」

「バカなことを言うな。忍者が実在するなら、どうやって何もないところから雷を作ってるんだ？」

「それは……」

細かいところを突っ込まれると、困ってしまう。

六代目火影の物語は伝承なので、細かいところはわからない。雷切にしたって、雷を切るくらいすごい稲妻の技だってことと、あとは千鳥が鳴くような音がすることくらいしか語られてない。だから、火影ごっこをするときには、細かいところを想像で補うのが大事だ。

六代目火影は、お話の中だけの人間で、本当はいない――そう思っている大人がほとんどだってことくらい、ナナラだって知っている。

だけど……。

「ええと、そう、忍者はすごいから、何でもできるんだ！　雷だって炎だって作れる！　父上が言ってたんだから、絶対に間違いない！」

そんなふうに、あんまりナナラが一生懸命に言いつのるので、村の大人も最後には笑って、ナナラの主張を認めてくれるのだった。

ナナラは、六代目火影の伝説を、父から教えてもらった。烈陀国（レダク）の王だった父は、忙しい合間を縫っては膝（ひざ）の上にナナラを座らせて、六代目火影の物語について話して聞かせてくれたものだ。鬼人（きじん）・再不斬との死闘や、悪の集団〝暁（あかつき）〟との戦い。巧（たく）みな駆け引きで敵を追いつめた六代目火影が放つのは、雷を切るほどの威力を持つという大技『雷切』——ほかにも、同格の威力を持つとされる火遁（かとん）や土遁の技がある。

父の語る火影の伝説は、いつも最高にワクワクした。

六代目火影は、ナナラにとって、あこがれ以上の存在なのだ。


「ナナラ様、いつまで遊んでるんですか」

マーゴがスカートの裾（すそ）をはためかせて走ってきたとき、ナナラは真剣勝負の真っ最中だった。原っぱに生えていたひょろっとした栴檀草（せんだんぐさ）を引っこ抜き、刀の代わりに振りかぶって、今まさに、スムレ扮する再不断に斬りかかろうとしていたところだ。

「なんだ、マーゴ。今いいところだったのに」

「お勉強の時間です。お戻りください！」

びしっと言われて、スムレは思わず肩をすくめた。だけどナナラは動じない。マーゴの大声にはもうすっかり慣れっこなのだ。

マーゴは、二十代半ばの背の高い女性で、ナナラとともに暮らして身の回りの世話をしてくれている。一応、公式には宰相の直令を受けた侍女という位置づけなのだが、マーゴは王宮にいた侍女たちとは全然違う。いっつもナナラのことを見張っていて、夕食のゼンマイを残したり掃除をさぼったりすると、飛んできて叱り飛ばすのだ。イタズラがばれたときには、大きなゲンコツを食らわせられた。侍女っていうより、親戚のこわーいおばさんみたいな存在だ。

ナナラはえいっと胸を張って、マーゴに宣言した。

「今日は勉強はしないぞ。教えてくれる人がいないからな！」

ナナラはいちおう王族なので、家庭教師がつくきまりになっている。宰相に言われて首都からついてきたのは、すごくおとなしい女の人だった。最初は、王子の専属教師になれるなんて光栄です、なんて言って喜んでいたのに、ナナラがイタズラで背中にイモリを入れたら大泣きして、翌朝には荷物をまとめて出ていったっけ。それ以降、何人もの家庭教師がやってきたけど、みんな半月ももたず辞めてしまった。最近来た中年の男性教師が、ナナラの掘った落とし穴に落ちて眼鏡（めがね）を割ってしまい、激怒して出ていったのはつい一週間前のことだ。

「先生がいないから、勉強はできない。だから、遊んでていいんだ」

自信満々に言うナナラを、マーゴは澄ました顔で見下ろした。

「いらしてますよ。新しい家庭教師の方」

うっとうしい宰相のやつめ。もう新しい家庭教師を送り込んできたのか！

せっかくスムレと遊んでいたのに水を差されて、ナナラはすっかり憤慨（ふんがい）していた。

まあいいや。どうせ、ちょっとイタズラを仕掛けてやれば、泣いて逃げ出すに決まってる。

「居間でお待ちです」

そう告げて、マーゴがお茶の準備をしに炊事場に入っていく。

ナナラは、泥だらけの靴を引きずって、居間に入った。

壁際に置いた杏子の木の丸椅子(まるいす)に、誰かが座っている。

「遅刻ですよ、ナナラ王子」

落ち着いた、低い声。

椅子に座った誰かが、ゆっくりとこちらを向いた。窓を背にしているせいで、顔が逆光になってよく見えない。でも、しゅっと背筋(せすじ)の伸びたシルエットで、背が高い男だってことはわかる。

陽の光を浴びた銀髪の縁(ふち)がきらきら光ってまぶしくて、ナナラは、篝(かがり)に灯(とも)した火の影を見るように目を細めた。

「お前が私の、新しい家庭教師か?」

腕組みをして、わざと横柄(おうへい)に聞く。なにごとも、最初が肝心なのだ。子供だからといって、舐められるわけにはいかない。

男が音もなく椅子から立ち上がる。

「はたけカカシと申します」

変な名前だ。特に、苗字(みょうじ)の方。

カカシがこっちに近づいてきて、ようやく、顔がはっきり見えるようになる。

とろんとした目つきが眠たそうな、いかにもぼんやりとした男だった。

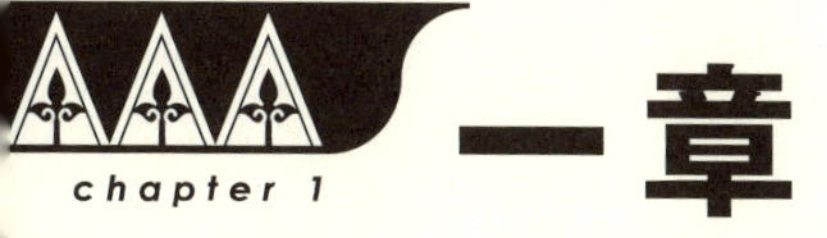

chapter 1 一章

ユルそうな男。

それが、新しい家庭教師の第一印象だった。

山羊みたいに眠たげな目に、ボサボサの髪。張りのない低い声と、妙におっとりとした話し方。なんていうか……チョロそう。

カカシを一目見てそう判断したナナラは、

「はたけ、カカシか」

ずいぶん高いところにある顔を、威厳たっぷりににらみあげた。

「あいにくだが、私は勉強などする気はないぞ。家庭教師に望むことはひとつだ」

どすんと弾みをつけて椅子の上に座り、キラキラした目でカカシを見上げて言う。

「六代目火影の伝説を話してくれ！」

「ろく……なんですって？」

勢いをくじかれて、ナナラはムッと眉間にしわを寄せた。

「六代目火影。知ってるだろう、火の国の英雄だ」

「なんですか、それは。人の名前なんですか？」

カカシが首をひねって聞き返すので、ナナラはいよいよ目を丸くした。

「お前っ、まさか六代目火影を知らないのか!?」

「初耳ですねえ。その、六代目なんちゃらは、有名なんですか？」

「有名だ！　誰だって知ってる！」

ナナラは、小さな手のひらを握りしめて、まるで自分のことのように得意げに胸を張った。

「六代目火影は最強の忍で、しかも、最高の指導者なんだぞ！」

「ふーん……」

カカシの反応は、なんだかぱっとしない。

むー、とナナラは唇を引き結んだ。あの六代目火影を知らないなんて、信じられない。人生損してる！　烈陀国に住む人間なら、みんな一度は、六代目火影の伝説を聞いたことがあるはずだ。それなのに、名前すら聞いたことないだなんて、家庭教師のくせに無知なやつめ。

「まぁいい」

ナナラは、気を取り直して続けた。「それでは、今日は私がお前に、六代目火影の伝説を語って聞かせてやろう！」

「いえ、結構です」

あっさり断られる。

「それより、勉強をしましょう。そのためにオレは来たんですから」

「家庭教師の一番の仕事は、六代目火影の伝説を私に話して聞かせることだぞ」

ナナラの言葉に、カカシは片眉を上げた。

「これまでの家庭教師は、あなたに何を教えていたんですか？」

「だから、六代目火影の伝説を語ってだな……」

「ほかには？」

「あとはー……自由時間だ」

「そうですか」

カカシが、視線を落としてうなずく。

「どうやらこれまでの家庭教師の派遣は、形式的なものだったようですね。宰相(さいしょう)は、あなたに何かを学ばせようという気はないようだ」

そう言うと、カカシは立ち上がって、部屋の中をぐるりと見まわした。

「ところで、この家には、書物の類(たぐい)が見当たりませんが」

「本が要る（い）のか？　書庫の中にあるけど、今は閉鎖されていて入れないぞ。半年くらい前に、宰相が閉鎖令を出したんだ」

「宰相が？」

「貴重な本を保護するためだって言ってた。みんなが使うと、破れたり汚れたりするから」

　以前は常（つね）に開放されていて、誰でも自由に本を閲覧（えつらん）することができたのだが、閉鎖令が出てからは扉に鍵がかけられてしまった。

　カカシは、再び（ふたた）部屋の中を見まわして「なるほど」とつぶやいた。

「じゃ、とりあえず案内してください」


　薙苓（ナガレ）村は、渓谷（けいこく）の斜面に造られた村だ。坂を上るか下るかしなければ、どこへも行けない。

　書庫は、坂を上りきった先にぽつんと建っている。背後には切り立った崖（がけ）がそびえて、隣には見張りのための望楼（ぼうろう）。ここが村の最奥（さいおう）だ。

「ほら、入れないんだ。閉まってる」

書庫の敷地は背の低い垣根で囲まれ、左右に立った円柱の間には、通れないよう鎖が垂れ下がっている。その奥にある入り口の戸は、真鍮の錠前で固く閉ざされていた。

「ですね」

言うなり、カカシが門にかかった鎖をひょいとまたいだので、ナナラは驚いて目を丸くした。

「おい、何をする気だ。どうせ、鍵が閉まってて入れないぞ！」

カカシは平然と歩いていくと、戸の鍵穴にすっと触れた。それから、戸に手をかけて横に引く。施錠されているはずなのに、どういうわけかガラリと開いた。

「カカシ！　止まれ！」

ナナラが声を張りあげると、書庫の中に入りかけていたカカシが、「ん？」と振り返った。

「勝手に入るのは、違法だ。王族といえど処罰される」

「バレなきゃいいんですよ。もしバレたら、謝ればいいんです」

そう言うと、カカシは止める間もなく書庫の中に入っていってしまった。仕方なく、ナナラもあとを追う。入り口の戸に手を触れて、

「熱ッ！」

驚いて、手を引っ込めた。

木戸に作りつけられた真鍮製の錠が、ものすごく熱くなっている。まるで、鍵穴の内側を、強い炎か何かで強引に溶かしてしまったみたいだ。

鍵が開いていたのは、このせいか？

「カカシ〜……ちょっと待ってくれ……」

ナナラは、おそるおそる、書庫の中をのぞき込んだ。

背の高い本棚が、ずらりと並んでいる。明かり取り用の窓から日差しが入っているものの、まだ目が慣れなくて薄暗い。古い羊皮紙（ようひし）の匂（にお）いが、埃（ほこり）と混じって部屋いっぱいに沈んでいる。

ナナラは小走りで追いつくと、カカシの上着の裾（すそ）をきゅっと握りしめた。

「さっきまでの勢いは、どうしたんです」

「だって……」

書庫の閉鎖は、宰相が決めたこと。それはすなわち、姉であるマナリの決定だ。逆らうのは、少し、後ろめたい。

カカシは小さくため息をつくと、言い聞かせるように言った。

「掟（おきて）やルールを守ることは大切です。でも、あなたが本を読むことも、同じくらい大切だ。ま、要は自分の中の自制心の問題ですよ」

「じせーしんって、なんだ……」

そんな難しい言葉を言われても、わからない。

「何かに負けそうなときに、自分を奮い立たせる力のことです」

そう言うと、カカシは本棚に向かって書物を物色し始めた。

黙って見ているのも退屈なので、ナナラもあちこちウロウロして、埃をまき散らしながら、お目当ての本を探した。本なんか読みたくないけど、でも、ここにはアレがあるはず……。

「カカシ、あったぞ！」

ナナラは、黄色く変色した綴本を、高々と掲げて見せた。

「六代目火影の本だ！」

「よく見つけてきましたね」

「絵でわかる！」

六代目火影のお話が書いてある本の表紙には、いつも同じマークがついている。左下に小さな三角形がついた、ぐるぐるのうずまき。何の絵かはよくわからないけど、きっとこれが、六代目火影のトレードマークなんだろう。

カカシが選んだ本を何冊かと、それから六代目火影の本を抱えて、二人は屋敷へと戻った。居間に敷かれた絨毯の上にぺたんとあぐらをかき、座卓を挟んで向かい合う。

「何から始めましょうかね」

持ってきた本をぺらぺらとめくるカカシを見て、ナナラはハッと我に返った。

あれ!? なんか、いつの間にか、授業が始まる雰囲気だぞ!?

「カカシ! 私は勉強なんかしないぞ」

「使うのがこの本でも?」

そう言って、カカシは座卓の上に、うずまきの描かれた綴本をぽんと置いた。途端に、ナナラの顔がゆるむ。

「この本ならいいぞ。さあ、読んでくれ!」

「なーにを言ってるんですか、あなたが読むんです。私はここで聞いてますから」

「え? 文字なんか読めないぞ。本を読むのは家庭教師の役目だ」

「そうですか。じゃあ、まず、読み書きを覚えるところから始めましょう」

「んん?」

きょとんと首を傾げたナナラは、数秒おくれて言われたことの意味に気が付いて、目を丸くした。

「……覚える!? 文字を?」

「はい」

「全部!?」

「はい」

「字ってたくさんあるんだぞ!」

冗談ではない証拠に、カカシはにこりともしない。手近にあった藁半紙(わらばんし)を手に取ると、さらさらと文字を書きつけた。

「あなたの名前です。ナナラ」

「むー……」

ナナラは頬杖(ほおづえ)をついて、お手本にしろとばかりに差し出された、目の前の達筆をにらみつけた。

「案外簡単ですよ」

促(うなが)され、しぶしぶながら、真似(まね)して書いてみる。まぁ、自分の名前くらいなら覚えてもいっか。全部の字を覚えるのは絶っ対無理だけど、ナとラの二文字くらいなら、なんとか。

横に書かれたカカシの字を見ながら、真似をして書いてみる。

三回ずつ書き終わると、カカシは新しい藁半紙と取り換えて、

「今度は、見ないで書いてみてください」

ナナラは筆を持ったまま途方にくれた。

三度も書いたのに、何も覚えてない。最初の一文字は、どうだっけ？　確か、横棒から始まったような……あれ、それは次の字だっけ？　なんか、こんがらがってきた。

早くも集中力が切れて、げんなりと窓の外に目をやる。

外は良い天気だ。こんな陽気の日に、なんで家の中に閉じこもって、文字なんて覚えなきゃいけないんだろう……。

だんだんイライラしてきた。ナナラのナの字がさっぱり思い出せない。ていうか、そもそも、なんでこんなことしてるんだっけ？

「あーっ、もう！　おしまい！」

ナナラは目の前の藁半紙をぐしゃぐしゃっと丸めて、えいっと立ち上がった。

「授業は中止だ！　それより、みんなで戦争ごっこをする方が楽しいぞ。私とストクが西軍で、チェムンとアルチが東軍。お前には審判をやらせてやろう」

「東軍と西軍ですか」

カカシは、窓から差し込む日差しをぼんやりと眺（なが）めた。

「今日は良い天気だから……きっと、東軍が勝つでしょうね」

「はあ？」

ナナラはすっかりあきれてしまった。戦争ごっこは、二チームに分かれてハチマキを取り合う遊びだ。良い天気だから東軍が勝つなんて、そんなの、まったく、ぜんぜん、すっごく意味不明じゃないか。

「バカなことを言ってないで、行くぞ！」

カカシの手首をぐいっと掴(つか)んで、勢いよく歩きだそうとする。しかし、カカシが立ち上がろうとしないので、そのままつんのめって転びそうになってしまった。

「おい、何してる。早く行くぞ！」

カカシは、ナナラの手からするりと手首を抜くと、浅いため息をついた。

「無理強(むりじ)いはしませんけどね。字は読めた方が」

「ほかの者が読んでくれるから別にいいんだ。首都にいたころ、宰相にそう言われたぞ」

「はあ。ま、オレはここにいますから、気が変わったら来てください」

カタブツめ。気なんか変わるわけないのに。

ナナラはムスッとむくれて、屋敷の外へと走り出た。

しばらく走ってから、思い出したように引き返し、窓から居間をのぞくと、

「カカシのバーカ！」

両手を振り上げて、大声で叫んでやった。

カカシは、言い返しもしなければ、追いかけても来ない。飄々(ひょうひょう)として座卓に肘(ひじ)をつき、ぱらぱらと本をめくっている。

一緒に遊んでくれないなんて、使えないやつ!

怒りまかせにダンと足を踏み鳴らし、ナナラは原っぱを目指して駆けだした。

「どっちが勝ちましたか?」

屋敷に戻ってきたナナラは、面白(おもしろ)くなさそうにボソリと答えた。

「……東軍」

「そーですか」

それだけ言うと、カカシは読んでいた本に視線を戻した。

カカシの言う通り、三回戦って三回とも東軍が勝った。

きっと、たまたまだ。東軍か西軍かの二択しかないんだから。あてずっぽうで言ったのが、偶然当たっただけに決まってる。

ナナラは泥だらけになった服を着替えると、食事の準備を手伝って、昼食を一気にかき込んだ。午後は、放牧から帰ってきたスムレと、馬の遠乗りに行くのだ。

「カカシ！　私は午後の授業もやらないからな！」

わざわざ宣言しに行くと、ようやくカカシは本を閉じてナナラの顔を見た。

「……今日は、馬に乗るのは、やめておいた方がいいですよ」

なんでわかるんだ、と聞きそうになって、ナナラは慌てて言葉を飲み込んだ。代わりに、

「お前に指図される筋合いはないぞ！」

びしっと人差し指を突き出して、一目散に外へと駆け出した。


馬の世話をしていたスムレは、ナナラが来たのを見て意外そうな顔をした。

「一応待ってたけど、来ないかと思った。なんか、新しい家庭教師が来たんだろ？」

「来たけど、いいんだ別に。無視してるから」

「どんなやつ？　村のおばさんたちがウワサしてたよ。背の高い色男だって」

スムレがそんなことを言うので、

「色男ぉ!?　そんなわけないじゃん！」

と、ナナラは目を剝いてしまった。

まぁ、でも確かに、村の大人の誰にも負けないくらいにかっこいいと思う。顔の下半分

は口布で隠れてるけど、それでも、かっこいいのがわかる。でも、顔だけだ。

「つまんないやつだよ。六代目火影のことも、なんにも知らないし」

「マジかよ。意味ねーじゃん」

「そ、意味ない」

ナナラたちは、村の西南に広がる平野へと馬を連れ出した。鞍（くら）にまたがって、馬の横腹を勢いよく蹴（け）る。

駆けだした馬の隣に、鷹（たか）のレーが羽ばたいてきて並走した。

レーは、代々の王族に飼われてきた「王の鷹」の血統だ。王の伝令を地方の村へ持っていくのが役割で、首都とのやり取りができるようにと、ナナラと一緒に薙苓（ナガレ）村に連れてこられた。でも、誰からも手紙なんて来ないし、ナナラは字を書けないので、ここしばらくは仕事もなく自由に薙苓（ナガレ）の空を飛びまわっている。

「スムレ、森に行こう！」

「お、いいねー。今日は俺、いい枝が拾える気がするんだ！」

二人は馬の手綱（たづな）を引いて野原を駆け、森に入った。

木々をくぐり、あちこちにできた雪解（ゆきど）け水の小川をまたいで、奥へと進んでいく。木の梢（こずえ）に小さな若葉が芽吹き、幹の皮からは樹液がとろりと流れ出しているのを見て、ナナラは嬉しくなった。森中に春がにじんでいる。

　ぶるる、とスムレの馬が、ふいに鼻をならした。

「今度さ、仔馬が生まれるんだけど、父さんが俺に好きな名前つけさせてくれるっていうんだよ。ナナラ、なんかいいアイディアないかな?」

「パックンはどうだ?　六代目火影が従える闘犬と同じ名前」

「馬だよ、犬じゃなくて!」

「でも口から光線を吐くんだぞ。目つきが鋭くて、クマをひとまたぎにするほどでっかいんだ」

　とりとめもない話をしていると、スムレの馬がまた、鼻をならした。

「あれ、こいつ、鼻水出てる」

　スムレが、馬の鼻先をのぞき込もうと前かがみになる。

　途端、馬はスムレを乗せたまま、両前足を勢いよく振り上げた。むずがって顔を左右に振り、じたばたと、まるでスムレを振り落とそうとするかのように暴れ始める。

「お、おいっ!?　なんだ、どうしたんだ!　止まれ!」

　スムレが手綱を引くが、静まらない。落ち着くどころか、ますます興奮して、甲高く嘶いた。かと思えば、急に動きを止め、前足の蹄を何度も地面にこすりつける。そのたびに鞍が浮き上がり、スムレは手綱を離して馬の首にしがみついた。

このままでは、振り落とされるのは時間の問題だ。

「おい！　落ち着け！」

ナナラはとっさに馬を下りた。

暴れる馬に駆け寄って、ムチのようにしなる手綱を掴む。

「どうしたんだよ、お前！」

握った手綱を強く引くと、そのままずるりと外（はず）れてしまった。どうやら固定のための金具がゆるんでいたらしい。勢いあまって尻もちをついたナナラの背中に、切り株がドンとぶつかる。馬は暴れながらナナラの方を振り返り、前足を振り上げた。

「ナナラ！　危ない！」

ナナラは身体（からだ）をよじったが、上着の裾が切り株に引っかかって動けない。分厚（ぶあつ）い蹄が、ナナラの頭めがけて降りてくる。

ぎゅっと目を閉じた、次の瞬間――身体の真横に突風を受けた。

刃物のように鋭く冷たいけれど、どこか絹（きぬ）のような柔らかさを含む風。

ナナラの小さな身体はたまらずひゅんと吹き飛び、上着の襟（えり）ぐりが、木の枝の先に引っかかった。一瞬宙づりになったと思ったら、すぐに上着が脱げ、顔面を地面に打ちつけてしまう。

「……？」

何が起きたのか、よくわからなかった。

くらくらする頭を振りながら身体を起こすと、カカシが暴れていた馬の鼻先に手をかざして、落ち着かせているところだ。

「ほら、落ち着きなさいって。ちょっと鼻がムズムズしただけでしょ」

まるで近所の人にでも話しかけるような調子で、馬の横っ面をぽんぽん撫でる。それで不思議と馬は静かになって、ぶんぶん揺れていたしっぽをようやくだらりと垂らした。

「ナナラ！　大丈夫か！」

馬から下りたスムレが、駆け寄ってくる。顔全体がじんじんと痛んだが、風に飛ばされたおかげで、ナナラに怪我はなかった。

「カカシ……なんで、ここに？」

「ちょっと散歩をしていたら、偶然通りがかりまして」

カカシは、馬の毛並みを指ですいてやりながら、スムレの方を振り返った。

「この子は、あなたの家の持ち物ですか？」

「いや……お隣のビャンおばさんのだよ」

「そうですか。この馬は花粉症だから春は気を付けた方がいいと、伝えておいてください」

落ち着いて言うと、カカシはナナラの方を振り返った。

「今日は風が強いから、いろんな植物の花粉があちこちに舞っています。ハコ柳の花粉でアレルギーを起こす馬は、このあたりでは珍しくないんですよ」

「花粉症で……あんなに暴れたのか」

そういえば、ある季節になると急にくしゃみをしだす人がいるのは植物の花粉のせいだって、昔、姉上に教えてもらったっけ。でも、人間だけの病気で、馬はかからないと思ってた。

「東軍が勝つと思ったのは、あなたが出かけたのが午前中だったからです。西軍は、日差しに対して向き合うことになるから目がくらむ」

ぶしゃん、と馬がへたくそなくしゃみをする。

カカシはしゃがみ込み、ナナラと目線を合わせて続けた。

「本には、こういうことが書いてあるんです。勉強は退屈かもしれませんが、あなたが思っている以上に、意外と役に立つもんですよ」

かくして翌日。

ナナラは朝から、筆を握っていた。カカシの書いたお手本を見ながら、一文字ずつ書いて、形を覚えていく。カカシに「そこはトメじゃなくてはらいですよ」とかなんとか、逐一チェックされながら。

カカシに屈したわけではない。断じてない。ただ、本には知らないことがいろいろ書かれているらしいとわかったから、一応、読めるようになっておこうと思っただけだ。

それにしても、昨日の凧は、一体なんだったんだろう。絶好のタイミングで自分を吹き飛ばして、暴れ馬から守ってくれた。……まるで、忍者の技みたいだったな。もしかして、どこかで見ていた六代目火影が助けてくれたんだったりして。

「手が止まってる」

カカシに指摘され、ナナラは慌てて筆を紙の上に滑らせた。

この男は、バター茶を飲み本をめくりながら、ナナラがちゃんと集中しているかも、きちんと見ているのだ。いまいましいことに！

「ナナラ様、そろそろご飯の準備しますよ。カカシ先生も手伝って」

マーゴが呼びに来て、授業は一時中断した。

太陽が一番高い位置に来たら、村の女たちで集まって、食事の準備をすることになっている。お昼ご飯だけじゃなく、夜ご飯と、明日の朝ご飯にする分も作る。村の共同炊事場は屋外にあり、夜になってから料理をするのは暗くて危ないから、いっぺんに作ってしまうのだ。

マーゴに言われて、お茶の葉をぶちぶち千切りながら、ナナラはちらりとカカシの方を見た。

カカシは、かまどの炎にふいごで風を送って、火の番をしている。マーゴや村の女たちが、野菜を剝いたり切ったりしながら、カカシにちらちらと視線を送っているのがわかった。色男、と言われるのもわかる。顔を半分も隠しておいてかっこいいも何もないのだが、目鼻の配置のバランスがいいのか、黙ってそこに立っているだけでもカカシは妙に絵になった。

あーあ、やなやつ！

ナナラは、千切ったお茶の葉を、攪拌機の中に放り込んだ。塩とバターを加え、レバーを回して混ぜ合わせていると、居間の止まり木の上にいたはずのレーが、すっと飛んできた。

「レー！」

声をかけたナナラを素通りして、レーはカカシの腕に止まった。カカシがまな板の上にあった干し肉を投げてやると、器用に嘴でキャッチしてあっという間に食べてしまう。そして、もっとくれと言わんばかりに、カカシの脇腹に頭をこすりつけた。

「ちょっと、カカシ先生～！　いくら王家の鷹だからって、レーにつまみ食いさせないでよ」

「んー。なんか、ねだられたから」

「もう！　優しいんだから～」

女たちが嬉しそうにカカシをからかう。

マーゴも、レーも、ほかのみんなも、なんだかすっかりカカシに手なずけられているみたいだ。新参者のくせに、早くもこの村になじんでいる。

もしかして、カカシって、結構すごいやつなのかな。もうちょっと、言うこと聞いた方がいいのかな。

そんなことを思ってちらりとカカシの方に視線を向けると、かまどにかけた鍋がすごい勢いで吹きこぼれていた。カカシは、レーを相手にしていて、全く気が付いていない。

「カカシ、鍋があふれてるぞ」

ナナラが声をかけると、カカシはようやく「ん？」とかまどの方に顔を向けた。ぼたぼた吹きこぼれている鍋に気付いて、

「あっ……」

慌てて立ち上がり、熱くなった鉄鍋の持ち手に素手で触って「熱ッ！」と手を引っ込める。女たちが笑いながら寄ってきて、かまどの炎に砂をかけて火を弱めた。

「ちゃんと見ててよね。先生！」

恰幅のいいビャンおばさんに背中を叩かれて、カカシは困ったように笑ってごまかしている。

前言撤回。カカシはやっぱり、ぼーっとしていて頼りない。それでいて、ナナラの言いなりにならない、イヤ～なやつだ！

私は、絶っ対、みんなみたいにカカシになついたりしないぞ！

ナナラは、自分に気合を入れて、攪拌機のレバーを勢いよくぐるぐると回しまくった。


午後の授業は、読み書きの練習ではなく、本を読むらしい。

「この本がいいと思う」

いそいそとナナラが持ってきた本の表紙を見もせずに、「火影の物語はだめです」とカカシはにべもなく却下(きゃっか)した。

「なんで！」

「難しい字が多すぎます。もっと簡単なものから」

カカシは、木板製の表紙がついた本を座卓の上に置いた。表紙を開くと、仕掛け絵本のようにページが組み合わさって、たちまち一枚の大きな紙になった。

「わぁ、カラクリ本か！」

ナナラは身を乗り出した。紙の上には、山や海、川の絵などが筆で描かれ、読めないけれどところどころに文字もある。

「これは、地図。どこにどんな国や村があって、どんな道が通っているか。そういうことを一枚の紙にまとめたものです。ほら、これが山」

「薙苓村(ナガレ)はどれだ」

「ここです」

カカシの指が、地図の左端を指さす。山と山の裾が重なったわずかな隙間(すきま)に、ぽつんと短い文字が書いてあった。

「じゃあ、首都は？」

「このあたり」

　カカシがさっきと同じところを指さしたので、ナナラはきょとんと首を傾げた。

「なに言ってるんだ。ここは薙苓（ナガレ）だろう」

「地図の上では同じです」

「んん？」

　訳（わけ）がわからない。

「世界はものすごく広いんです。地図上では、首都と薙苓（ナガレ）村との間の距離なんてごくわずかで、ほとんどないも同然」

「ははは」

　冗談かと思って、面白くなかったが気を遣（つか）って笑ってやったのだが、カカシは真顔のままだった。

　いやいや、そんなまさか。

「首都までは三日もかかるんだぞ」

「ええ。でも世界はもっと広い。大陸を端から端まで歩いたらもっとずっと長い時間がかかります」

　ナナラはまじまじと地図を見つめた。カカシの言葉を信じるなら、紙ににじんだ小さな走り書きが、どうやら自分の国の全(すべ)てらしい。

「……火の国は？　載(の)ってる？」

「ここです」

「え――――っ！」

　カカシが指さしたのは、紙の右端だ。大きな大陸に引かれた分割線の、海に面したひとかたまりが、火の国らしい。

「こんなに遠いのか!?」

　首都から薙苓(ナガレ)までの距離が一緒くたにされてしまうほどの縮尺の上で、烈陀(レダク)国から火の国までの距離は、想像を絶した。

「ものすご――――く、遠くにあるんだな……」

　ナナラは頬杖をついて、地図を眺めた。

「火の国の周(まわ)りにはたくさんの国がまとまってるのに、烈陀(レダク)国は山の中でひとりぼっちか。なんか……がっかりだな」

「そうですか？」

「だって、こんなの、すみっこに隠れて暮らしてるみたいでつまらないじゃないか」

「隣人が近くにいると、それはそれで結構大変なもんですよ。喧嘩(けんか)になりますから」

「そうなのか?」

聞き返しながらも、ナナラの頭には心当たりがあった。ナナラが初めて誰かと取っ組み合いの喧嘩をしたのは、この村に来て、同い年の友達が出来てからのことだ。

「これは私の想像ですが」

そう前置きして、カカシは続けた。

「あなたの祖先がこの場所に国を建てたのは、争いを避けるためだったんじゃないですかね。現にこの国は、これまでずっと、戦争を経験することなくやってきたんでしょう」

確かに、ナナラが聞いている限り、烈陀(レダク)国は他国と戦争をしたことがない。当然だ。そもそも他国との関わりがないのだから。ナナラや烈陀(レダク)国の人々にとって、戦争とは、物語の中にのみ存在する遠い世界の出来事だった。

「勇敢な選択だったと思います。争いに勝つよりも、争いを避けた方が、みんな助かる」

ナナラは、地図に目を落とした。

火の国の周辺にあるのは、大きな国ばかりだ。土(つち)の国や霧隠(きりがく)れの里も、きっと近くにあるんだろう。

「火の国は、今も、たくさん戦争をしているのかな」

「いえ。火の国と他国との間に戦争が起きる危険性は、昔に比(くら)べてずっと少なくなったと思いますよ」

「え？」

ナナラは顔を上げた。

「なんでだ？」

「戦争で払う犠牲の大きさに対し、得られるメリットがあまりに少ないことを、みんなが知っているからです」

カカシは、地図ではなく、ナナラの顔を見ながら続けた。「ほんの十数年前、火の国において平和を守るために最も必要だったものは、強さでした。他国を攻めることが、自国を守ることで、忍というのはもともとそのための道具です」

ナナラは小さくうなずいた。確かに、六代目火影の伝説に出てくる忍は、いつも誰かと戦っている。もちろん、火影も含め。

「大きな戦争が終わって、少し平和になったタイミングで、火の国は積極的に周りの国との交易（こうえき）をするようになりました。すると、たくさんの物を作れるようになって、新しい物もどんどん生み出されるようになり、社会が豊かになっていった」

「コーエキ？」

知らない言葉だ。父上から以前に聞いたことが、あるようなないような。

「この国ではなじみのない言葉かもしれませんね。国同士で、物の売り買いをすることです。みんなそれぞれ、得意なことや作れるものが違うでしょ。だから、自分の持っているものを他人と交換するんですよ。そうすれば、色々なものが手に入る」

「あー」

なるほど、とナナラは口の中でつぶやいた。薙苓(ナガレ)でも、村民同士でよく物々交換をしている。

「もしも他国との戦争が始まって交易が止まれば、手に入るものの数がぐっと減って、豊かさを維持することはできなくなります。生活は貧しくなり、人がたくさん死ぬ。それだけの犠牲を払って、運よく戦争に勝ち、他国を屈服させることができたとします。勝者は何を手に入れますか？」

「ええと……勝って気分がいいし、かっこいい」

「それだけですか？」

「いや……負けた国の人たちを追い出せば、その人たちの持ち物が手に入るな」

カカシはうなずいて続けた。

「火の国にはすでにモノがあり余っているから、彼らが何かを欲しがるとしたらきっと、土地や天然資源、あるいは技術。でも、わざわざ戦争を起こさなくても、土地も天然資源も技術もお金で買うことができる。お金で買うという方法は、力ずくで奪うよりずっと危険が少なく、誰も死なずに済むんですよ。戦争をするより、結果的に安く済むことも多いし」

「うん……」

ナナラが、もぞもぞと身動きしながらうなずいた。「確かにそうだ」

「そういった考え方が、無意識にせよ国民ひとりひとりにまで浸透した結果、戦争が起こる可能性はずっと低くなります。代わりに、経済競争が生まれますけどね」

「それじゃあ、忍はもう、火の国にはいないのか？」

いいえ、とカカシは首を振った。

「国を守るため、忍を養成する忍者学校（アカデミー）はいまだ存続しています。犯罪を撲滅（ぼくめつ）できたわけではないし、国同士の均衡（きんこう）を壊そうとする、テロリストのような集団も存在しますから。それでも、国家間の大戦の心配は、ほぼなくなったと言っていいでしょう。指導者（リーダー）たちがよほどの失策を犯すか、あるいは――国家に匹敵する巨大な力を持ち、悪意に満ちた集団が、新たに現れない限りは」

そこまで言うと、カカシはわざとらしく目尻をゆるめた。

「……って、書庫の本に書いてあったのを読んだだけですけど」

ふへえ、とナナラは詰めていた息を吐き出した。一度にいろんなことを聞いたから、頭がパンクしそうだ。

「本にはいろいろなことが書いてあるんだな」

その夜。ナナラは、地図を広げて、寝床のすぐ隣に立てかけた。こうしておけば、寝ながら見ることができる。火の国の場所には、朱色の染料で「六代目火影のマーク」を書き入れた。布団の中に鼻までもぐって、うずまきのマークを眺めていると、それだけでワクワクしてしまう。

六代目火影の伝説は、こう語る。〈火の国は、六代目火影の時代に、これまでにない経済発展を遂げて急成長した〉。

つまり、今日カカシが話していた「戦争の起こりづらい世界」は、六代目火影が作ったものなのだ。

六代目火影って、やっぱりすごい！

そう思ったらなんだかたまらなくて、ナナラは掛布団を抱きしめて、ごろごろと床の上を転がった。六代目火影のすごいところを、また新たに知れたことが嬉しくて嬉しくて、心臓の鼓動もどんどん大きくなってきて、全然眠れる気がしない。

むくりと起き上がり、月明かりに透けた地図を見つめる。

勉強ってつまらないと思ってた。だけど、ちょっと、楽しいかもしれない。


日に日に、カカシとの授業は楽しみになっていった。

「本当は、勉強なんかやめて、外で遊びたいんだぞ！」

一応毎朝そう言ってはみるものの、その口調に初日のような棘はなくなってしまった。

勉強をするなんてかっこわるいと思っているから、なるべく嫌そうにつまらなそうに臨みたい。でも、今日は何を教えてもらえるのかとワクワクする気持ちの方が上回って、つい口元がゆるんでしまう。

五日も勉強を続ければ、読める文字もだいぶ増えてくる。読めるようになると、読みたくなる。

ナナラは、カカシに手伝ってもらいながら、色々な本を読んだ。

カカシは毎日たくさんのことを教えてくれた。夏によく育つ作物、冬によく育つ作物。

収穫物を腐らせない方法を教えてくれたり、大きな国同士でどんな外交をしているか、どんなものがどんなふうに社会を変えるか、とか。ほかにもいっぱい。

カカシはたくさんのことを知ってるけど、でも、ときどき妙なところで知識が抜けている。六代目火影のことだけでなく、バター茶や砂糖菓子の作り方も知らなかった。そういうときは、ナナラが教えてあげた。王制に関すること、宰相のことや女王のことも。

そうして、カカシがナナラのもとに現れてからあっという間に十日が経ち、村は、六灯流しの夜を迎えた。

灯りをともしたバターランプを六つ、マッブサの葉で作った船に乗せて川に流す。古くから、薙苓に伝わる風習だ。

ナナラとカカシは、村を流れる小川の川べりにしゃがみ込んで、上流の方から灯りが流れてくるのをぼーっと待っていた。

「さっき、流れてきたので、いくつめでしたっけ」

「四つかな。……たぶん」

全てのランプが流れていくのを見届けなければ、不幸が訪れるということになっている。が、あまり信憑性が無いので、参加していない村人も多い。

「六つの灯りって、何か意味があるんですか」

カカシに聞かれ、ナナラは不思議そうにカカシの顔を見た。

「六道仙人（りくどうせんにん）に感謝を捧げるためだ。そんなことも知らないのか？」

「んー。初耳でしたねえ」

「まぁ、六代目火影のことも知らなかったくらいだもんな」

一人で納得して、ナナラは足元の草を手持無沙汰（てもちぶさた）に千切った。

「どうせお前が読むのは、地図とか植物の本とか難しいのばっかりで、物語には興味がないんだろう」

「そんなことないですよ」

「じゃあ、好きな小説は？」

「んー……」

カカシの表情が、急に真剣になる。しばらく考え込んでから、おもむろに口を開いた。

「一つに絞るのは難しいですが……一番はやっぱり、イチャイチャパラダイスですね」

「イチャイチャパラダイス？　なんだそれ、変な名前！」

「名作ですよ。あなたが大人になってもっとたくさん字が読めるようになったら、貸してあげます」

カカシの声は、どことなく弾んでいる。そんなに面白い本なんだろうか。

千切った草をぱっと川に向かって投げ、ナナラはごろんとその場に寝転がった。視界いっぱいに、氷の欠片（かけら）をぶちまけたような星空が広がっている。

「――で。その、六道仙人とかいう人とこの国に、どんな関係があるんですか？」

「言い伝えがあるんだ。昔、この国は、水が無くて困ってた。特に首都の周りは、しょっちゅう水不足だった。そこへやってきたのが六道仙人だ。六道仙人は、烈陀国（レダク）の王に、すごい法具を与えた。その法具の中には、六道仙人がこめた『水の力』が入ってる。でも、『水の力』は誰にでも扱えるわけじゃない。王位に就（つ）いた人間だけ。王がその法具を一振りすると、たちまち雨が降り、国中が潤（うるお）った」

五つ目の灯りが近づいてきたのに気が付いて、ナナラは身体を起こした。

「以来、代々の王はその法具の力を借りて、水流を増やしたり雨を降らせている……らしい」

「ほー」

自分から聞いてきたくせに、カカシの相槌（あいづち）はどうも曖昧（あいまい）だ。

摑みどころのない家庭教師の横顔を、ナナラはそっと窺（うかが）い見た。カカシの目は、川を流れるマップサの船をゆっくりと追っている。ゆらゆら揺れる橙色（だいだいいろ）の灯（ひ）が、黒い瞳に反射して、まるで黒いガラス玉の中に燃える火の影を閉じ込めたみたいだ。

「これはおとぎ話だから、六道仙人がほんとにいたかどうかはわからない。でも、法具は実際にあるんだぞ。父上が使うところを何度も見たからな。金色の杖を振ると、雨が降るんだ」

「それでは今は、あなたのお姉さんが、女王としてその法具を使っているわけですね」

「そのはずだ」

ナナラはためらいなくうなずいた。

薙苓（ナガレ）村に来てから、首都には一度も戻っていない。だけど、きっと立派に公務をこなしているのは間違いない。

まじめで成績優秀な、自慢の姉のことだから。

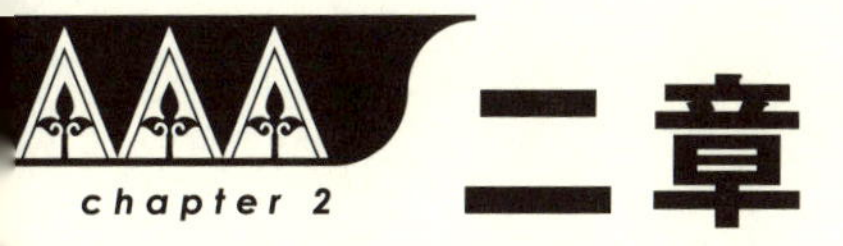
chapter 2
二章

王宮からナナラ宛に、手紙が届いた。

いわく、もうすぐ先王の命日だから、首都まで出向いてこいとのこと。

「行かない」

ナナラはそう宣言して、部屋に閉じこもった。戸には別に鍵などついていないので、無理やり開けようと思えばいくらでもできるのだが、カカシはあえてノックして声をかけた。

「出てきて馬を選びましょう。明日には出発しないと、間に合わない」

「首都には行きたくない」

生まれ育った王宮にしばし帰省するだけなのだから、喜んだっていいくらいなのに、なぜかナナラの反応は頑なだ。

カカシは、マーゴと顔を見合わせた。

「いつもこうなんですか?」

「さあ」

マーゴは首をひねった。「王宮から連絡が来るのは初めてのことですから」

カカシはもう一度、木戸をノックした。

「王宮からの伝令は公的なものです。いくらあなたが王子でも、無視するわけにはいかない」

木戸の向こうから、もごもごとした返事が返ってくる。

「……無視したらどうなるんだ」

「処罰を受けます。マーゴが」

ナナラの公的な保護者は、マーゴだ。ナナラが王宮に行かなければ、王に歯向かったとみなされて、まず彼女が鞭(むち)を打たれる羽目になる。

しばらく待つと、木戸が少しだけ開いた。おずおずと顔をのぞかせたナナラが、カカシとマーゴを順番に見上げてつぶやく。

「……首都に行く」

マーゴがほっとした表情を浮かべたのもつかの間、ナナラは戸の隙間(すきま)から身を乗り出して「ただし」と付け加えた。

「お前も一緒に来い、カカシ。それが条件だ」

三頭も馬を持ち出されたら農作業に支障が出るので、マーゴは薙苓(ナガレ)に残ることになった。

薙苓(ナガレ)村から首都までは、馬を乗り換えながら進んで三日ほどの距離。

カカシとナナラは、それぞれの馬の鼻先を並べ、日がな一日移動を続けて、日が暮れる前に途中の村に立ち寄った。ナナラは身分を明かさなかったが、それでも村の人たちは二人を歓迎して、快(こころよ)く一宿一飯を提供してくれた。もちろんタダではなく、マーゴがナナラに持たせた宝石と引き換えだ。宿屋などないので、ナナラとカカシは別々に、布団(ふとん)の余っている家に泊めてもらうことになった。

その夜、ナナラは寝床の中で、何度も寝返りを繰り返していた。

寝つけない。

朝から馬上で過ごして身体(からだ)はくたびれているはずなのに、どうしても眠れない。もうあと二日で首都に着いてしまうのだと思うと、腹の中に重石(おもし)でも埋(う)め込(こ)まれたみたいに、気持ちが沈む。

とうとう寝るのをあきらめて、寝床を抜け出した。深夜だが、幸(さいわ)い空には満月が浮いていて、ランプがなくても十分に視界が明るい。

あてどもなくふらふらと歩いていると、広場に作られた藤棚(ふじだな)の下で、バターランプの灯(あか)りが揺れているのに気が付いた。

カカシだ。
椅子代わりの岩の上に腰かけ、立てた片膝の上に背表紙を寄りかからせて、本を読んでいる。蔓からこぼれた藤の花が、風に揺すられて、カカシの姿を見せたり隠したりしていた。

カカシはナナラに気付くと、長い指でさりげなく表紙を隠しながら、ぱたんと本を閉じた。

「どうかしましたか」

「別に。眠れなくて、散歩してただけだ」

すねたようにつぶやいて踵を返したナナラは、呼び止められて振り返った。

「寝つけないなら、本でも読んだらどうですか。ほら、あなたの好きな、六代目火影の物語とか」

「……そんなの読んだら、余計に目が冴える」

「じゃあ、字の練習」

言いながら、カカシはナナラの前まで歩いてきた。

「それは……すぐ、寝られそうだけど」

カカシが引きずってきた藤の花の香りは、蜜を凍らせたように冷たくて甘くて、月の光と混ざってなんだかくらくらする。

ナナラは、胸に詰まった息をぎこちなく吐いた。

本当は、眠れない理由はわかってる。

「カカシ。私はやっぱり……首都に行きたくない」

「会いたくない人がいるからですか？」

ナナラは、地面をザッと一蹴(ひとけ)りして、しぶしぶうなずいた。図星をつかれて正直ムカついたが、今は、いまいましさよりも、話を聞いてもらいたい気持ちの方が勝(まさ)る。

「怖い人でもいるんですか？」

「…………」

「宰相(さいしょう)とか」

「それにも会いたくないけど……一番は、姉だ」

そう言ったきり、ナナラは口を閉じた。カカシは、ナナラが自分からまた話しだすのをしばらく待ってくれたが、ナナラは黙ったまま、そのくせどこにも行こうとせずずっとカカシのそばにいた。

「ずっと気になっていたんですが」

そう前置きして、カカシはゆっくりと口を開いた。「なぜ、王位に就(つ)いているのがあなたではなくお姉さんなんですか。この国の慣習に従えば、第一継承権は長男にあるはず」

「……姉上は、私よりずっと、勉強が出来たから」

「それだけ？」

「私は……」

ナナラは、カカシが手に持ったバターランプの灯を見つめた。冷たく張り詰めた夜の空気は、ランプの周りだけ、炎に揺らされて少しゆるんでいる。

「やりたくなかったんだ」

小さな手のひらを、自然に握りしめていた。

「宰相に、王位に就く意思があるのかと聞かれて……私はやらないから、姉上がなればいいって、そう答えた」

「なぜです？」

「なぜって……めんどくさいだろう。勉強は嫌いだったし……朝から晩まで机にかじりついて働くなんて、絶対にイヤだ」

父のように、とナナラは心の中で付け加えた。楽しい思い出もたくさんあるはずなのに、今になって思い出す父の顔は、しかめ面ばかりだ。ときどき遊んでくれる以外は、いつも執務室にこもりきりの人だった。

「とにかく、宰相は私の意思を尊重すると言ってくれて……それで、王位には、姉が就くことになった」

「お姉さんは、それを望んでいたのでしょうか？」

「わからない。でも、姉は、自分で引き受けたんだ。それから私は、宰相の勧(すす)めで、政治に関わることのない地方の村に住むことになった」

「その選択を、後悔していますか？」

ナナラは力なく首を振った。

「薙苓(ナガレ)での暮らしはすごく楽しい。でも……姉には、悪いことをしたのかもしれない」

本当は知っていたのだ。優しい姉が、自分の代わりに王位に就いてくれるだろうということ。先に自分が断れば、きっと姉は断らない。そう思ったからこそ、ナナラは安心して、継承権を放り出すことができた。姉が自分のように無責任なことはしないだろうと確信して。

結果はナナラの予想通りになった。

マナリは王位を受け入れ、ナナラは自由を手に入れた。

「私は、姉上に全(すべ)てを押しつけたんだ。姉上の優しさにつけこんだ」

「だから、首都に行くのが怖かったんですね」

ナナラは一瞬ためらって、それからコクリとうなずいた。

「姉上に会うのが怖い。姉上が、女王の仕事を楽しんでいてくれたらそれでいい。だけど……もしも、そうじゃなかったら」

「もし、お姉さんが王を辞めたがっていたら」

ナナラが避けた言葉をずばりと言って、カカシはナナラの目を正面から見つめた。

「自分が代わって王になるつもりはありますか？」

やりたくない。

だけど、姉に辛(つら)い思いをさせたくもない。

ナナラは、唇(くちびる)を引き結んで視線を落とした。乾いた地面に落ちたカカシの影が、いびつな形で伸びている。頭の中に浮かぶのは、父の顔だった。

「……私は、王にはならない」

ぽつりとつぶやくと、カカシの声がふっと優しくなった。

「無理強(むりじ)いはできません。でも、首都に行ってお姉さんと直接話したら、変わる気持ちもあるかもしれない」

カカシはナナラの両肩に触れ、くるりと回転させて後ろを向かせた。来た道の先に、泊めてもらっている民家が見える。

「そろそろ寝床に戻った方がいい。明日は野宿になります」

うなずいてまっすぐ歩きだしたナナラは、ふと足を止めて振り返った。

「カカシ、首都まで、一緒についてきてくれるんだな」

「もちろん。オレはあなたの家庭教師ですから」


ナナラの姿が見えなくなるのを待って、カカシは読みさしの本を再び開いた。

六代目火影の伝説。

おそらくは、商人から商人へと口伝された噂話を、誰かが面白半分に一冊にまとめたのだろう。それが烈陀国に伝わり、思いのほかウケてすっかり定着してしまった……というところか。

どうせ神話にするなら、主役にはもっと英雄然とした人物を選べばいいのに、と思う。

カカシのイチオシは四代目だ。七代目も捨てがたいが、彼の物語はまだまだ未完で、語り始めるのはもったいない。

「まさか、自分をモデルにした本を読める日が来るとはね……」

くすんだ和紙の表紙を撫でてつぶやく。ナナラがあまりにべた褒めするので、一体何が書かれているのか気になって読んでみたのだが、あまりに美化されたフィクションで笑ってしまった。

本に書かれた六代目火影は、いつだって英雄だ。強さと優しさを兼ね備え、凛として揺るがず、常に前を向いてみんなを引っ張っていく。かっこわるかったり、情けなかったりする姿は、ここには全く書かれていない。大切な親友を救えなかったことや、戦い続ける理由を彼への償いの中にしか見いだせずにいたことも。

現実とのあまりのギャップにため息が出そうだが、伝承なんてそんなものなのだろう。見栄えのする話、記憶に残るエピソードだけが抽出され変形されて、現実とはどんどん乖離して伝えられていく。

父もそうだった。三忍の名がかすむほどの戦闘力を誇り、「木ノ葉の白い牙」として他国から半ば伝説として扱われた男。でも——現実の彼は、どこにでもいる一人の人間だった。厳しい局面にあれば苦悩するし、人の言葉で傷つきもする。

薄闇に透ける藤棚を眺めながら、カカシは父が死んだ日のことを思い出していた。

父の通夜で喪主を務めたとき、カカシは十歳にも満たなかった。

蒸し暑い夏の夜だった。熱を含んだ湿気が胸に詰まって息苦しくて、なんだか土の中に閉じ込められたように感じたのをよく覚えている。

息子を残して命を絶ったはたけサクモの遺骸を最初に発見したのはカカシで、その死を当時の火影に報告したのもカカシだ。上忍として長いキャリアがあったサクモは、そここそに顔も広く、通夜には多くの人が参列した。

でも、心から悼んでいる者は一人もいなかった。少なくとも、カカシの目にはそう映った。

「あんなに強かったのに、あっけないもんだな」

「掟を破った挙句に自害とは、なんと無責任な……」

「父親が死んだっていうのに平然としてて、なんか気持ち悪い」

「死んで当然だろ、こんなヤツ」

参列客のヒソヒソ声が、いやでも耳につく。

カカシは、部屋の一番奥に正座して、参列客がタラタラと焼香するのを辛抱強く待った。

「俺が殺したみたいじゃねえか」

父が掟に背いて助けた仲間は、遺影に向かってそう吐き捨てた。「頼んでもいねえのに勝手に任務を中断した挙句、最後は自害か。みっともない男だな」

カカシは、誰にも、何も言い返さなかった。

たくさんの人が、好き勝手な言葉を置いていく。どれが正しいのか、何が正解なのか、まともに考え始めたら頭がおかしくなりそうだった。

　一つはっきりしているのは、父が死んだのは、掟に背いたからだということ。そして、掟を守って仲間を見殺しにしていれば、きっと今も生きていただろうということだ。

　翌日の葬式はぐっと人が減った。通夜で遺影を前にひとしきり噂話をして、みんな気が済んだらしい。

　短い式を終え、カカシは一人きりで家に向かって歩いた。

　読経に酔ったのか、視界が揺れて、気持ち悪かった。

　頭も身体も上手く動かない。目の前がどんどん暗くなって、うるさかったはずの蟬時雨が遠のいていく。それでも、立ち止まるのすら億劫で、なんだか色々なものがどうでもよかった。

　足元がぐらつく。

　ふらりと倒れかけたカカシの身体を、誰かの背中がトンと受け止めた。

　明るい金髪が視界にはみだして、少し気分が楽になった気がした。

「頑張ったね」

　木ノ葉の黄色い閃光――波風ミナトだ。

「そのまま背にいていいよ」

ミナトは言ったが、カカシはすぐさま身体を引いて、自分の足で立った。

辣腕の忍として知られるミナトは、次期火影と目される里の有名人だ。カカシも幾度か言葉を交わしたことはあるが、特に親しい仲というわけではない。

「失礼しました。寝不足で、足元がふらついて」

他人行儀に言葉を返し、会釈して行こうとするカカシの腕を、ミナトは摑んで引き留めた。

「カカシ、サクモさんは……」

「父は掟を破って死にました」

強い口調でミナトの言葉を遮り、カカシは淡々と続けた。「忍者として、掟やルールを守るのは当然のことです。父は、その程度の信念を全うできなかった。……感情なんてものは、邪魔になるだけなのに」

父が死んだ直後なのだから、苦しくて当然なのに、そんな当たり前の感情を自覚することすら、当時のカカシには怖かった。誰かのせいにもできないまま、カカシは頑なに掟を守ることに固執するようになっていた。

ミナトがカカシの上司となり、リンとオビトと同じ班でフォーマンセルを組むことになったのは、それから数年後のことだ。

ルールや掟が全てではないこと。時に掟より優先されるべきものがあることを、カカシは彼らから教えてもらった。認めることのできなかった父の姿を、受け入れられるようになったのは、彼らのおかげだ。

ミナトもオビトも、カカシが否定した父のことを肯定してくれた。彼らが父を認めてくれて、初めて、蓋をしていた父への気持ちと向き合うことができたように思う。みんなカカシより先に死んでしまって、カカシはそのたびに打ちのめされたけど、でもそんなカカシを奮い立たせてくれたのもまた、彼らの存在だった。

木ノ葉の白い牙の子として生まれたこと——今では心から、誇りに思っている。

■

ナナラとカカシは、馬に乗ってぽくぽくと地道な移動を続けた。

薙苓村を出て三日目の朝。首都まであと半日に迫った道の途中で、王宮からの使いが二人を待っていた。

「道に迷われると大変なので、宰相に遣わされました」

とのことだが、ここまで来たら首都まではもう一本道なのだから奇妙な話だ。使いの男たちは、わかりきった道をわざわざ先導して歩き、なぜかぐるりと迂回(うかい)して、薙苓(ナガレ)に近い東側ではなく北側から首都に入った。

　北門から王宮まで続く大通りは、左右に大きな家がずらりと並ぶ、首都の中心だ。あちこちに、国の専売である塩や酒、絹(きぬ)などの露店が出て、商売に励んでいる。行きかう人々は、貴族や王宮に勤める家の者ばかりだ。みな身なりが良く、薙苓(ナガレ)の人たちのように顔に泥などついていない。ナナラの姿を見ると、進んで道を開けてくれた。

「首都の活気は変わらないな」

　馬上から通りを眺めて、ナナラが言う。隣にいるカカシに話しかけたつもりだったが、聞こえなかったのか、カカシは返事をしなかった。

　納屋(なや)に馬をつないで城内に入る。入ってすぐの回廊のホールで、女王が自(みずか)ら迎えに出てきた。

「よく来たね、ナナラ」

「姉上……」

　一歩引いた反応をしたナナラとは対照的に、マナリは嬉(うれ)しそうに駆け寄ってきて、ナナラの顔をのぞき込んだ。

「元気にしてる？　薙苓(ナガレ)村での暮らしはどう？」

昔と変わらない声色を聞いて、ナナラはようやく、ほっと肩の力を抜いた。

よかった。姉上は、笑顔だ。

「……毎日、楽しいよ。姉上も、元気そうでよかった」

「あのね。これを渡したかったの」

そう言って、マナリは袖の中に隠した物を、ナナラの手に握らせた。

「あげる。父上の遺品よ。あなたは、形見の品を選ばなかったから……」

銀色の鎖の先に、六角形にカットされた青い宝石がついている。

「宰相には内緒ね。高価な品だから、本当は、手続きを踏んで許可を得ないと譲渡できないの」

「ありがとう、姉上！」

ナナラは鎖を首にかけ、宝石を服の内側に隠した。

「なくしちゃだめよ」

「絶対なくさない。約束するよ」

「ナナラ様、女王陛下には敬語でお話しください」

低い声が回廊に響いた途端、マナリの顔が曇った。

長い法衣の裾をもったいぶって引きずってきたのは、宰相だ。灰色のひげに、しわがれた声。ナナラに話しかけるときは、いつも、嫌味のようにバカ丁寧な言葉遣いをする。

宰相は、カカシの方をちらりと見た。

「そちらは？」

「新しい家庭教師だ。前の男は辞めた」

カカシを派遣したのは宰相ということになっているが、あくまで名義上のことで、実際にはもっと下級の官吏が適当に選んだだけらしい。だから宰相とは初対面なんで、最初に紹介してくださいね、とカカシから前もって言われていた。

「……そうですか。それはそれは」

宰相はカカシの顔をジロリとにらむと、ナナラへ視線を移した。

「正午から、王族と高官で会食をするのが、一周忌の習わしです。お疲れでしょうから、それまでお部屋でお休みください。食事の準備が出来たら、侍女がお迎えにあがります」

「あぁ。わかった」

ナナラは、カカシの方をちらりと振り返った。できることなら、カカシにも会食に同席してほしい。

目が合ったカカシは、ナナラの気持ちを察して首を振った。

「部外者の私が出席するのは、さすがに障りがあるでしょう。部屋で留守番してますよ」

「そうか……」

ナナラの表情がしゅんとしぼむ。

「宰相、カカシに部屋を用意してくれ」

「この者にも？」

宰相はあからさまに鼻白（はなじろ）んで、カカシを上から下までぐるりと眺めた。

「王族でも官僚でもない者は王宮に泊まれません。宿場を手配しましょう」

「だめだ。カカシと一緒でないなら、私も王宮には泊まらないぞ」

ナナラがきっぱりと言うと、カカシは大げさに肩をすくめた。

「窓の大きい部屋にしてもらえます？　湿気が苦手なもんで」

「……お連れしろ」

宰相は嫌そうに、壁際で控えていた侍女へ声をかけた。


遅い。

ナナラは自分の部屋で、じりじりと、会食の準備が出来るのを待っていた。

明らかに正午を過ぎているのに、宰相はなかなか迎えをよこさない。

「ナナラ様の食事の準備が出来ました」

ようやく呼びに来た待女の言い方に引っかかりを覚え、晩餐室に入って腑に落ちた。大人たちはすっかり食事を終えて、食後の杏子酒をそそぎあっている。どうやら、子供抜きで都合の悪い話を済ませたあとらしい。

「遅くなりました！」

ナナラは精一杯の嫌味を口にして、椅子を引いた。子供には高すぎる円卓の上に無理やり両肘をついて、大人たちを見まわす。

王女の隣に陣取って鷹揚にふんぞりかえり、貴重な山羊のチーズをぽんぽん口に運ぶ宰相。愛想笑いを浮かべて宰相の無駄話に聞き入るふりをする高官Ａ・Ｂ・Ｃ。そして、樫の円卓に浮かんだ木目に視線を落とし、誰とも目を合わせようとしない女王マナリ。

「ナナラ様をお呼びたてしたのは、ほかでもありません」

ナナラの分の食事が揃うのも待たずに、宰相が切り出した。「薙苓村に軍を派遣します。数週間のうちに五十人の兵士が十日ほど滞在しますので、その期間、食糧を供給できるよう準備をしておいていただきたい」

「は？」

大臣の言っていることがわからず、ナナラは目をしばたたいた。

「……あのね、戦争を始めるの」

おずおずと補足したのは、マナリだった。「今、首都は深刻な水不足なの。だから、豊かな国に侵攻して、新たな水源を手に入れるのよ」

ナナラは意味がわからずに、二人の顔を見比べた。兵士？　侵攻？　一体、何を言ってるんだ？

「姉上。ちゃんと説明してくれ」

「ナナラ様には少し難しいお話かと」

宰相が言う。

「わかるまで話せ」

ナナラが強張った声で命令すると、宰相は「そうですか」と、億劫そうに椅子にもたれた。

「どこから説明したものか……そもそも他国に比べて、我が国の環境は相当に厳しいのです。夏は暑く冬は寒く、国土は大部分が痩せていて圧倒的に資源に乏しい。国交がないから、飢饉になっても、誰も助けに来てくれない。こんな状況下でせっせと麦を蒔く生活を続けていたところで、いつまで経っても発展しません。だから、引っ越すんです。豊かな場所へ。戦争をして、新しい土地を奪って、そこに住む」

「新しい土地って……一体、どこに住む気なんだ」

「火の国です」

「え?」

ナナラは顔を上げた。「火の国?」

宰相は、うなずいて続けた。

「数年前、先王のはからいで、私は山を降りました。烈陀国から東へ何か月もかけて移動して、外国を見てまわったのです。山脈を抜け、いくつもの国を越えたその先に、火の国は確かに存在しました。火の国の君主は、王ではなく、大名と呼ばれていましたよ」

火の国の件は高官たちも聞いていなかったらしく、一同は顔を見合わせた。公式に火の国の存在が確認されたのは、烈陀国の歴史上初めてのことだ。

「それで……六代目火影は、いたのか?」

「ええ、彼は実在しました。残念ながら、会談のため国外に出ていたので、謁見は叶いませんでしたがね。それより驚いたのは、火の国の発展ぶりです。私たちが想像もできないほど豊かな国でした。ありあまる食べ物、すぐれた医療と福祉制度。高度に発展した技術によって、彼らは何十キロもの鉄の塊をものすごいスピードで動かします。人々はそれに乗って移動する。それから、みんな小さな手のひらサイズの機械を持っていて、それを使って瞬時に、遠く離れた場所から発信される情報を共有するんです。あの国では誰も、餓死なんてしていない。むしろ、砂糖の摂りすぎで死ぬ人の方が多いくらいです」

「よく……わからないが」

雄弁に語る宰相に、ナナラがおずおずと水を差した。「つまり、火の国のようになりたいから、戦争を仕掛けるのか？」

「その通りです。火の国はもう十年以上、戦争を経験していません。平和ボケしている今こそ、むしろ侵攻の好機と言えましょう」

宰相はしみの浮いた頬を歪めて微笑した。

「ナナラ様。火の国や、その近隣諸国には『忍』と呼ばれる戦闘集団がいることは知っていますね？」

ナナラはこくんとうなずいた。

チャクラを操って、何もないところから火や水を生み出すすごい連中。ほかならぬ六代目火影も、忍の一人だ。

「私は、周辺諸国を旅して重火器の製法を学びながら、凄腕の忍たちとのパイプを作ってきました。組織を抜けて個人で活動する忍たち……いわゆる『抜け忍』たちとのね。そして、今回の戦争のために、五十人の抜け忍をすでに雇い入れました」

「『忍』を……五十人も……」

忍は、ナナラにとって、雲の上の存在だ。山兎(やまうさぎ)や雪豹(ゆきひょう)のように、そもそもが自分たちとは違う生き物だと思っている。そんな忍を五十人も雇ったと聞いても、にわかには飲み込めない。

「しかし……火の国の周辺からこの国までは、そう簡単に来られるはずが……」

「荷馬車で半年の距離を二十日で移動してみせるのが、忍者です」

高官の疑問に、宰相が得意げに答える。

場の空気は、明らかに変わり始めていた。

――五十人もの「忍」が、自分たちに味方をしてくれる。そう考えると、確かに、戦争に勝算が見いだせる気がしてくる。戦力を持たない烈陀(レダク)国の住人にとって、それほどに、忍という存在は特別だ。高官たちの顔が期待に輝き始めているのも、仕方のないことだった。

「今年の水不足は、神が与えた試練です。これを乗り越えて、新たな土地を確保したときに、私たちの国は発展できる。火の国のように」

ナナラは、自分の目の前に用意された、手つかずの食事に目をやった。

お日様色をしたヤクのチーズ。麦と豆を練った平麺(ひらめん)、蕪(かぶ)と山菜の汁。塩漬けにした山羊の肉と、バター茶。それに、杏子がたくさん。薙苓村でも、品数こそ少ないが、似たようなものを食べている。

どれもこの国で採れるものばかりだ。カカシが言うように、他国と交易を始めたら、もっとたくさんの食べ物が食卓に並ぶようになるのだろうか。国から出たことのないナナラには、この世にはほかにどんな食べ物があるのか、想像もつかない。

だけど――現状の、何が不満なんだろう。ナナラにとって、今目の前にあるものこそがごちそうだ。ほかのものを食べたいかどうかなんて、考えたこともなかった。

宰相は、外国で何を見たのだろう。外国には、そんなにおいしいものがあるんだろうか。それは、戦争をしてでも奪う価値があるものなのか。

ナナラは、姉の方を見た。

「……姉上は、賛成なのか？」

「ええ」

マナリはうなずいたが、視線はずっと、まるでそこに何か答えが書いてあるみたいに、カラの皿を見つめている。

「女王からは、すでに承認をいただいています」

宰相はそう言うと、立ち上がり、ナナラの方に向かって身を乗り出した。

「火の国は、ほんの十数年のうちに、目を見張るほどの技術発展を遂げました。これは、六代目火影の敏腕あっての成果です。そんな六代目火影も、戦乱の時代には忍として戦いに明け暮れていたと聞く。ナナラ様、あなたがもし六代目火影にあこがれるのなら……六代目火影と同じことを、我が国民たちにしてあげたいとは思いませんか」

黄ばんだ目に見すくめられ、ナナラはあいまいにうなずいて、ごまかすように皿の上の杏子を口に放り込んだ。

■

宰相がカカシのために選んだのは、これでもかというほど湿気に満ちた部屋だった。室内には、明かり取り用の小さな窓がひとつあるだけなので、真昼だというのになんだか薄暗い。

「カカシ様。お茶をお持ちいたしました」

「ありがとう。そこに置いてくれるかな」

カカシが目で指したのは、壁際の木櫃だ。侍女が、カカシに背を向けて、木櫃の方を向く。

とん。

カカシの手刀が、ごく軽く、侍女の首の後ろを叩いた。ふらりと力を失った身体を、片腕で抱き留める。彼女は、痛みを全く感じることなく、自然に眠りについたはずだった。

入眠の点穴。

忍者学校の校長であるイルカから直々に教わった技だ。ときどき寝つけない夜がある、とカカシが雑談で話したら、安眠導入の裏技として教えてくれた。場所が首の裏側なので、自分じゃうまく突けないのが難点だが。

すうすうと寝息をたてる侍女の身体をベッドの上に横たえて、カカシは印を結んだ。

変化の術！

ボン、と煙があがり、カカシの外見が、眠る侍女そっくりに変化する。目立たないよう姿を変えて堂々と王宮の中を動きまわる作戦だ。

侍女に変化したカカシは、木盆を脇に抱えて、部屋を出た。いかにも淑女らしい足取りで、長い廊下をしずしずと歩く。調べたいことは、二つ。一つは、王家に伝わる水鈷のこと。そして、もう一つは、かつて六道仙人がこの地に滞在していたときのことだ。そもそもカカシがこの国へ来たのは、ナルトのために六道仙人について調べることが目的だった。

情報が集まるのは、人が集まるところだ。洗濯室、厨房、もしくは……

「あ、ねえ、そこの新入り！」

声をかけられて、カカシは足を止めた。新入りというのは、自分のことか。

侍女が二人、部屋の中からカカシを手招きしている。片方はホウキを、もう片方はチリトリを持っていて、いかにも掃除の途中という感じだ。

二人は、部屋の中に入ってきたカカシにぐっと顔を近づけた。

「ナナラ様の家庭教師にお茶持ってったんでしょ？」

「どんな人だった？」

「え……」

なぜ、ただの客人であるカカシのことを気にするのだろう。……まさか、木ノ葉の忍だとバレているのか？　カカシは反射的に身構え、スカートの下に仕込んだクナイの位置を意識した。侍女たちは、目の奥にきらりと光を宿して続ける。

「あんな渋い家庭教師、どこで見つけてきたんだろうね！」

「ねー！　私、ああいう、ダウナーな感じのオジサン、まじで好み」

「はあ」

カカシは気の抜けた相槌を打った。

侍女たちは、張本人が目の前にいるとも知らず、「顔隠してるの、ずるいよね！」「奥さんいるのかなぁ～」などと言い合っては、きゃっきゃとはしゃいでいる。なんだかよくわからないが、怪しまれていないのなら結構だ。

カカシは、さりげなく視線を走らせて、侍女たちの様子を観察した。片方の侍女は、服装から察するにチーフ格だ。長衣のポケットが、鍵束の形にいびつに膨らんでいる。

「あの」

いかにも新入りらしく、遠慮がちに、二人の会話に口を挟む。「ずいぶん部屋が余っているようですが、王宮にお客様が来ることは、少ないんですか?」

「最近、たくさん来たよ。ほら、あそこ」

侍女は、窓の方に寄って外を指さした。

首都の東に広がる荒野に、白い移動式テントがいくつも張られている。

「宰相が新しく雇った軍隊の人たちが駐屯しているの。ただでさえ水不足で作物が採れないのに、あの人たちの分まで食糧を提供しなくちゃいけなくてもう大変」

「しかも、雇うのにすっごいたくさん報酬払ったらしいよ。宰相が言うには、あの人たちが水不足を解決してくれるらしいけど」

忍者だ。

テントの間を行き来する連中の動きを遠目に見て、カカシはすぐにピンときた。その大きさと数から考えて、五十人ほどか。宰相が、火の国に戦争を仕掛けるために雇ったのだろう。

「水って、ありすぎてもなさすぎても困っちゃうわね。半年くらい前にはね、突然大洪水が起こってここらへんの畑が全部流されちゃったの。宰相の調査だと、山頂近くで土砂崩れが起きた影響で、雪解け水の流れが変わったせいらしいけど」

おそらく洪水が起きたのは、マナリが水鈷を暴走させたせいだろう。どうやら侍女たちには、水鈷の存在は知らされていないらしい。

「ヤバそうだよね。食糧庫がカラになるのも時間の問題。私たちは王宮勤めだから、食事はなんとかなってるけど」

「マナリ様の治世になってから、なーんか不安だなぁ。先王の時代がなつかしいよ」

「先王って、どんな方だったんですか?」

会話の流れにきっかけを見つけて、カカシは話題を変えた。「私、最近まで別の村に住んでいたので、お顔を知らなくて」

「先王の執務室に肖像画があるよ。あー、でも、あそこは立ち入り禁止か」

「そうなんですか。私も、間違えて入らないように気をつけないと。ええと、どこにありましたっけ……」

「三階の廊下のつきあたり」

親切な先輩二人に、新米侍女は小さく微笑してお礼を言い、その場から立ち去った。


カカシは落ち着いて廊下を歩き、角を曲がって階段の踊り場に出てから、仕込みクナイの先に引っかけた鍵束を出した。さっきの侍女のポケットから、こっそりくすねたものだ。

人目がないことを確認してから、両開きの扉を開錠して内側に滑り込む。

室内は静まり返っていた。四方の壁は、天井近くまでぎっしりと本棚で埋め尽くされている。

ここが、先王の執務室だ。

薄く埃の積もった書架に、整理されず縦横自由に突っ込まれた本の背表紙が、モザイク模様のように並んでいる。烈陀国の歴史書や、解剖学書、植物図鑑、それに『六代目火影の伝説集』までずらりと揃った本の中に、タイトルの入っていない背表紙を見つけてカカシは手を伸ばした。一番上の一番すみっこ。侍女の身長で、中指がぎりぎり届く位置だ。

変色した藁半紙が、蚕の糸で綴じてあった。木染めの表紙には、達筆で『写本　六道記』と書かれている。

……みつけた。

六道仙人がこの地に滞在していたときの記録。

しかし、残念ながら、現代語で書かれているのは表紙だけだった。中の写しは、共通文字とはまた違う言語で書かれていて、読むことができない。が、ともかく、この本は大きな収穫だ。

写本を上着の中に隠し、カカシは書棚の物色を続けた。

侍女たちの会話から察するに、王宮勤めの者たちには、水鈷(シュイグ)の存在は知らされていない。だとすれば、先王が自分の部屋にアレを隠している可能性は高かった。

オレの推測が正しければ、アレさえ見つければ首都の水不足は解消されるはず……。

カカシは書棚を見上げて、見覚えのある背表紙に気付いた。さっき、下段で同じものを見た。赤い革張(かわば)りの本だ。……なぜ、同じ本が二冊も?

手に取ってみると、本棚に収まっていたのは本型のケースだった。中に入っていたのは

——手紙。

「何をしている?」

「宰相」

カカシは本を棚に戻すと、変化の術の応用で顔を少しだけ変えてから振り返った。侍女

の顔のまま書斎にいるのを見られたら、あの子が怒られてしまう。「失礼しました。埃が積もっていたので少し掃除をしようかと」

「先王の執務室は行政区画だ。許可のない者は立ち入れん」

宰相はとげとげしく言うと、コツコツと樫の木靴で床を鳴らしながら、カカシの方へと歩いてきた。

「ナナラ様にくっついてきた家庭教師の男は、どうしてる？」

「お部屋でお休みです」

「そうか。何か不審な点はなかったか？」

「いいえ。特に気付きませんでした」

「そうか」

コツン。

木のかかとが強く床を叩き、宰相は、カカシの目の前で足を止めた。

「何か？」

「いや……私が雇ったナナラ様の家庭教師は、若い女だったんだがね」

宰相は、およそ侍女に対して話しているとは思えないような口ぶりで続けた。「いつの間にあの男に替わったんだろう。誰が雇ったのかな」

「さあ。村の大人が適当な人間をあてがったんじゃないですか」

気の抜けた口調で答えた侍女の腕を、宰相が思いきり引いた。

「きゃっ！」

華奢な侍女は、宰相の力の強さに負けてたやすくバランスを崩した。壁に手を突いてなんとか耐えたという風を装うカカシの顔をのぞき込み、宰相はささやいた。

「……忍という連中は、他人そっくりに姿を変えることができるらしい。きみも気を付けたまえ。知らんうちに、すり替わられたりしないようにな」

「はあ。カカシ様は、ただの家庭教師だと聞いていますけど」

カカシは肩までのボブを揺らし、無垢を装って小首を傾げてみせた。

宰相が、どこか愉快そうに唇の端を歪める。

「もう一つ。数週間前に、どこかの誰かが、貯水槽を清潔な水でいっぱいにしてくれてね。おかげでその日以来、一人の餓死者も出ていない。誰がどうやってそんなことをしたのか、心当たりはないかね」

「あら。王宮の外では、餓死者が出ているんですか？」

侍女が、目を丸くして驚く。

宰相は、侍女の表情や仕草を注意深く見つめ、口の中で小さな舌打ちをして踵を返した。

あー、やだやだ。あの宰相、見た目通りの疑り深さだ。

部屋に戻ったカカシは、変化の術を解いて元の姿に戻ると、口を開けて眠っているご本人の肩をトントンと叩いた。

まぶたを震わせて目を開けた本物の侍女は、次の瞬間、バッタみたいに飛び跳ねた。

「ご、ご、ご、ごめんなさい！　私ったら！　お客様の部屋で眠り込むなんて！」

「疲れてたんでしょ。ま、あんま無理しないで。これ、ごちそうさまでした」

すっかり冷めきったお茶を一息に飲み干して、カラになった湯呑(ゆのみ)を差し出す。

寝癖を整えながら部屋を出ていこうとする侍女に、カカシは「あぁ、そうだ」と思いつきのように声をかけた。

「ちょっと、この本見てくれる？」

先王の執務屋からくすねてきた、六道仙人についての写本。

「これ、宰相から借りたんだけど、字が読めなくてね。烈陀国(レダク)の文字とはかなり違うみたいだけど」

「あぁ、これ、古代文字です」

ページをのぞき込んで、侍女はすぐに答えた。「ずっと昔に、この土地で使われていた言葉です。今じゃ誰も使わなくなって、解読法も残ってないって聞いてますけど」

「読める人はいないのかな」

「いないでしょうね。誰も読めないのに保管してても無駄だから、処分しようって話が出てるらしいですよ」

いずれにしても、この本は、一刻も早く火の国へ送った方がいいな。

侍女が出ていくのを待って、カカシは窓の外に向かって合図した。待機していた鷹(たか)が滑空してくる。ぽんと写本を投げると、鋭い爪で器用にキャッチして、そのまま方向転換した。羽を広げ、滑るように、東の空へ飛んでいく。

木ノ葉隠れの里の、七代目火影のもとへ。

早ければ二日で届くだろう。本を見つけた経緯やこちらの状況は、メモ書きして本に挟んでおいた。写本が古代語で書かれていたのは残念だが、サクラやシカマルがいればきっと解読できるはず。

小さくなっていく鷹の姿を見送っていると、ナナラが部屋の戸をノックした。

なんだか浮かない顔をして、胸に本を抱えている。

「会食は、どうでした?」

ナナラはカカシの質問に答えず、唇をへの字に結んだまま、カカシの方へ本を突き出した。

「読んでくれ」

せっかく文字を教えてやったんだから自分で読め、と言おうとしてやめた。

「……いいですよ」

カカシが椅子に座って本を開くと、ナナラはぺたんと絨毯(じゅうたん)の上に座った。

ナナラが持ってきたのは、もちろん『六代目火影の伝説』。薙苓(ナガレ)村にあったのとは、違う表紙の本だ。

カカシは本を開くと、ページには目もくれず、そのままナナラを見た。

「お姉さんと宰相は、戦争をする気なんじゃないですか」

ナナラがぎょっとした顔になる。

「なんでわかるんだ」

「侍女たちがそんな噂をしていたもので」

ナナラは、絨毯の毛先をいじりながら、本の表紙にある『六代目火影の伝説』の字を見つめた。

「宰相は、火の国と戦争するつもりなんだって。カカシ、どう思う?」

どうせ戦っても勝てない――とはまだ告げず、カカシは、「あなたはどう思うんですか?」と聞き返した。

ナナラは、少し考えた。

「宰相が本当にしたいのは、交易なんだと思う。ほかの国と関わって、豊かになりたがってる。でも、周りにほかの国がないから、戦争をして土地を奪いたいみたいだ」

ゆっくりと言って、ナナラは窺(うかが)うようにカカシを見た。「カカシ、前に言ったな。火の国は、交易をたくさんするようになって平和になったって。でも、今までずっと、この国は平和だったのに……どうしてわざわざ、ほかの国から奪うことにしたのかな」

「今は、平和じゃないからかもしれませんね」

「え?」

カカシは立ち上がると、陽が傾きかけた外の景色へと視線を投げた。

「少し、外に出ませんか」

■

標高が四千メートルを超える烈陀国(レダク)は、夕方にさしかかると一気に気温が下がる。

ナナラを連れてカカシが抜け出したのは、王宮の南側だった。貴族の家が並ぶ北地区の反対側。一般の市民が住んでいるエリアだ。

「なんだか妙なにおいがするな。何か腐ってるんじゃないか」

「何か腐ってるんでしょうね」

なんだそれ、と聞こうとしたナナラの口が、小さく開いたまま固まった。

路上に敷いた茣蓙（ござ）の上に、折り重なるようにして人の身体が積み重なっていた。うつ伏せになった人の腹の下で、煤（すす）けた髪が散らばっている。放置されてずいぶん時間が経っているらしく、あちこち黒く変色して、ものすごいにおいを放っていた。

「え……」

胃の中のものがせりあがってくる。身体が反射的に前かがみになっていたが、会食ではほとんど何も食べなかったので、未消化のバターが混じった胃液が出ただけだった。

なんで。

なんで、こんなところで人が死んでいる。

「カカシ、帰ろう」

蒼白（そうはく）になってカカシの袖を引くが、カカシはナナラの背を押して無理やり前に進ませた。

「あなたの国でしょう」

「違うよ……」

ナナラは力なく答え、口の端から垂れた胃液をぬぐった。

自分は王族だけど、王じゃない。

ここは、姉の国だ。

「カカシ。町がこんな状態だって、知ってたのか？」

「侍女たちから教えてもらいました。水不足と不作で、死者も出ているそうです」

全然知らなかった。……水不足？

姉は、法具を使っていないのだろうか。

しばらく歩くと、広場に出た。これ以上どんな惨状(さんじょう)に出くわすかとびくびくしていたナナラは、広場に人が集まっているのを見て、やっと少しだけほっとした。

あちこちで、人々が木くれに火をつけて、暖を取っている。

身を寄せ合い、会話を交わす人たちの顔には、ときおり笑顔も浮かんでいた。だけど、みな例外なく痩せこけて、手足は骨に皮だけを貼りつけたようだ。

王宮を出る前、薙苓(ナガレ)から着てきた服に替えるようカカシに言われた理由がわかった。会食のときの格好のままでここを歩いたら、刺繍(ししゅう)の入った橙色(だいだいいろ)のガウンも宝石のついた帽子も、全部取られてしまっただろう。

「ここにいてください。百数えるうちに戻ります」

カカシの言葉は、ナナラの耳をほとんど素通りした。

広場に山鳩（やまばと）が下りてきて、みんなの目の色が変わった。一人の男が、そろりと忍び寄ろうとする。しかし山鳩は、首を前後に振りながら数歩歩くと、すぐに羽ばたいて行ってしまった。

広場が、落胆に包まれる。みんなお腹がすいているのだ。

「どうした、怖い顔して。食うか？」

痩せた男がナナラに気付いて、火の中にくべた木串の先を差し出した。背中を開かれたヤモリが、串刺しになっている。

ナナラは青ざめて、首を振った。身体をS字にくねらせたヤモリの姿は、とても食べ物には思えないほど不気味で、足が後ずさった。広場の柵（さく）にドンと背中がぶつかり、とうとう膝（ひざ）から力が抜けて、その場にへたり込んだ。

まさか、首都がこんなことになっていたなんて。

姉と宰相が、この状況を知らないわけがない。知っていたからこそ、戦争を決めたのだ。

みんな、喉が渇いて、お腹がすいている。この国には、水と食べ物が必要だ。

戦えば、みんなが欲しいものが手に入るのだろうか。

ナナラは改めて、広場を見まわした。

小さな女の子が、薪の皮を剝いでしゃぶっているのが目についた。胸も腹も、自分の目がどうかしてしまったのかと思うほど平べったい。身体の厚みが、薙苓にいる同じくらいの背丈の子の、半分くらいしかない。

ナナラは、上着の中に手を入れて、胸の上にある宝石を握りしめた。さっき姉からもらったばかりの、大切な父の形見だ。

だけど、この宝石を必要としているのは、きっと自分じゃない。

女の子に近づき、さっと手のひらに宝石を握らせた。女の子が、目を真ん丸にしてナナラのことを見上げる。

「北地区には、まだ水がたくさんある。これをお金に換えれば、水を売ってもらえる」

それだけ言って、走ってその場から離れた。

こんなことをしても、状況が改善するわけじゃないけど、でも、きっと、何もしないよりマシだ。父が見ていたら、褒めてくれただろうか。

ろくに前も見ずに走っていて、ドンと誰かにぶつかった。カカシだ。

「帰ろう、カカシ」

ナナラは、カカシの上着をぎゅっと摑んだ。「もうわかった」

城に戻る途中、首都の東で煙が上がっているのが、うっすらと見えた。

「あそこに駐屯しているのが、宰相が雇った忍たちだそうです」

カカシが、煙の根元を目でたどりながら言った。「彼らには食糧が優先して配られている、と侍女が話してました」

ナナラは視線を上げた。さっきまで夕焼けだったのに、空はあっという間に暗くなって、灰色の煙はもうほとんど薄闇に溶けている。

「宰相は、忍を五十人も雇ったそうだ」

ナナラは、地面に視線を落としてつぶやいた。「それだけの忍を相手にしたら、いくら六代目火影でも、やられてしまうかな」

「瞬殺でしょうね」

「どっちが?」

「もちろん、五十人の雑魚（ざこ）の方です。並の忍が全員で束になってかかったところで、火影の足元にも及びません。しかも、火の国には、火影のほかにも強い忍がたくさんいる」

城門の前に立った見張りの男は、いつの間にか王宮を抜け出していたナナラとカカシの顔を見て、しまったという顔をした。外に出すなと言われていたのだろう。二人は見張りを無視して城の中へと入った。

「烈陀国（レダク）は、火の国に勝てません。でも、そのことを抜きにしても、今やるべきことは、戦争じゃない」

カカシが、淡々と言う。

「他国と戦うより、友好関係を築いた方が、国は発展する。それは、火の国の歴史が証明しています」

「水があれば問題は解決するのに、なんで……」

言いかけて、ナナラは口を閉じた。前方から侍女が歩いてきたからだ。

「カカシ様、ちょうどよいところに」

昼間、カカシを部屋に案内した侍女だ。

「宰相からの言伝（ことづて）です。明日の朝食はナナラ様だけでなく、カカシ様にもご同席いただきたいと」

■

翌朝。

カカシが上着を着ながら食堂に入ると、もうみんな揃っていた。

「いやー、遅くなりまして……」

ナナラ、宰相、女王。どう考えても会話の弾まないメンツの食卓に着いたカカシの前に、侍女が音もなく朝食を給仕する。

「今日の昼には、発たれると聞きました。もっとゆっくりしていかれたらいいのに」

宰相のあたりさわりのない話題が、宙に浮く。カカシが王宮内に泊まることすら渋った手のひらを返して、わざわざ女王と同席させたのは、そんなことを話すためじゃないだろうに。

カカシは、木匙でジャムをすくった。

マナリは、どこまで宰相に噛んでいるのだろう。一蓮托生なのか、それとも強引に従わされているだけか。様子を探りたかったが、彼女はカカシと目を合わせようとしない。というか、誰とも目を合わせない。

「そういえば、昨晩、ナナラ様と南地区をお散歩されたようですね」

ほらきた。本題だ。

カカシは、思ったより甘かったジャムの味に顔をしかめながら「ええ」とうなずいた。

「驚かれたでしょう。実は今、この国は水不足で。私たちも頭を悩ませているんですよ」

「早急に手を打つべきではないですか。このままではどんどん被害が大きくなりそうですが」

「実はね、三週間前、貯水槽を誰かが一晩のうちに満杯にしてくれたんです。おかげでここ最近、一人の死者も出ていない」

宰相は試すような目つきでカカシを見つめて続けた。「昨日までに貯水槽は三分の二まで減っていました。ところが、今朝（けさ）、また満杯になっていたんです。誰がそんな魔法のようなことをしてくれたんでしょうね。……ご存知ありませんか？」

「いえ」

カカシはしらばっくれて首を振った。「餓死者が出ていたとは初耳でした。しかし、対処を急がれた方がいいのでは？　二度、勝手に貯水槽がいっぱいになったからといって、三度目があるとは限りません」

「ええ。そのための戦争です。私が雇った忍集団は、もうご覧になりましたか？」

「姉上」

ナナラが唐突にマナリを呼んだ。弟に呼ばれただけなのに、マナリは表情をこわばらせ、ぎこちなく視線を持ち上げた。

「……なに？」

「なんで水鈷（シュイグ）を使わないんだ？」

マナリも宰相も、一斉（いっせい）に顔色を変えた。事情を知らない侍女たちが、場の空気が凍りついたことに気が付いて、怪訝（けげん）そうに顔を見合わせる。

不穏な空気の中、カカシだけが、まるで何も聞こえていないかのように涼しい顔で、粥（かゆ）を口に運んだ。

「父上がやってたみたいに、水鈷（シュイグ）ってやつを使えば、水不足が解決するんだろう。なぜ使わないんだ？」

「黙りなさい」

宰相が、低い声で言ってナナラをにらんだ。「水鈷（シュイグ）の存在は機密事項です。王宮内とはいえ、軽々しく話題に出すことは……」

「使えないのか？」

マナリの顔はいよいよ真（ま）っ青（さお）になった。

宰相は、小さく舌打ちをすると、ゴブレットをテーブルに打ちつけた。

「王宮を出たあなたには、関係のないことです。マナリ様は水鈷（シュイグ）のことで真剣に苦しんでおられる。あなたが口を出すことではない」

「苦しんでるってことは、やっぱり使えないんじゃないか。水鈷（シュイグ）が使えなくて水が足（た）りないから……だから、戦争をしてほかの土地から奪うのか」

宰相はゆっくりと息を吐くと、青筋（あおすじ）を立ててカカシをにらんだ。

「ナナラ様に余計なことを吹き込んだのは、あなたか？」

「はあ、なんのことやら」

カカシは、不思議そうに首を傾げた。

「私には、水鈷（シュイグ）がどのようなものかもわかりませんので」


朝食会での一幕が尾を引いているのか、昼過ぎにカカシとナナラが城を発つとき、宰相も女王も見送りには来なかった。

カカシとナナラは、馬を引きながら、北側の大通りではなく、南側の住宅街を突っ切って歩いた。昨夕はそれなりに人がいたのに、昼間の今は閑散（かんさん）としている。小さな子供をちらほら見かける程度だ。大人たちはどこかへ水を汲（く）みに行っているのだろう。

ナナラは、路上の遺体から目をそらして、ずっとうつむいている。

遺体はどれも極端に痩せており、また乾燥気候であることも手伝って、腐敗するよりも乾いてミイラのようになっている部分が多かった。それでも、口や鼻の穴ではウジ虫がうごめいていて、ハエの羽音が、遠ざかっても雨だれのようについてくる。

生き残っている住人たちはきっと、遺体の処理に困っているのだろう。烈陀国(レダク)では土葬が主流だが、首都の外へ埋めに行くのにも大きな労力が必要だ。

人は死ぬと重くなる。

回収した仲間の遺骸の重さや、背に担(かつ)いだまま事切れた同僚の重さ、それに、背負わせてすらくれなかった親友が最期(さいご)にくれた片眼の重さも、カカシは身に染みて知っている。

二度と、あんな思いをしたくない。だからこそ、カカシは六代目火影として、木ノ葉隠れの里の発展を推し進(おしすす)めたのだ。昔ながらの伝統を軽(かろ)んじている、と批判を浴びることもあった。だけどカカシは、二度と戦乱の時代を繰り返したくなかった。

ずっと続く平和。それこそが、カカシが六代目火影として、求め続けたものだった。カカシが火影じゃなくなっても、いつか火影という役職がなくなる日が来ても、秩序だった社会がずっとずっと続いていくこと。二度と、泥沼の戦争状態に陥(おちい)らないような仕組みを作ること。

そうすることが、生き残ったカカシにできる、死んだ親友への唯一の手向(たむ)けだった。彼がカカシに、火影になれと言ったから。彼が渇望していた「不条理のない世界」に少しでも現実を近づけたくて、必死だった。

オビトの存在は、長い間、カカシにとって戦い続ける理由だった。そして今は、前を向いて歩くための指針だ。彼や、リンや先生に再会するのは、きっとずっと先だろうけど、そのときに誇れるような生き様でいたいと強く思う。

だからこそ――目の前で起きている、烈陀国の現状を見過ごすわけにはいかないのだ。そして、火の国で窮地に陥っているナルトのことも。

「おじさん」

声をかけられて視線を下げると、痩せた少女が立っていた。烈陀国に来た日に、カカシが初めて会ったあの子供だ。

「この間、お水くれたおじさんだよね？」

「………」

カカシは黙って、少女の顔に貼りついた髪の束を払った。右頬に、ちょうど大人の拳ほどの大きさの、赤黒い痣。小鼻がねじれたように折れ、鼻の穴からあごの下まで垂れた鼻血はすっかり乾いている。

明らかに、誰かに殴られた痕跡だ。

少女は、両手に持った木椀をカカシの方へ差し出した。

「ねえ、もっとお水ちょうだい」

カカシはしゃがみ込み、左手を木椀にかざして水をそそいだ。そうしながら、右手で少女の頬に触れ、チャクラを流し込む。医療忍術は不慣れだが、痛みをやわらげるくらいはしてやれる。

「その顔、どうしたんだ」

カカシの背後で、ナナラが声を震わせた。「宝石はどうした？」

「宝石？」

駆け寄って、ナナラは少女の肩を摑んだ。

「誰にやられた！」

ナナラの剣幕に驚いて、少女が身体を引いた。木椀が手から落ち、地面を濡らす。少女は一瞬、木椀を見たが、拾わずにそのまま走って逃げてしまった。

「あの子……」

女の子の後ろ姿を見送りながら、ナナラが呆然とつぶやいた。「なんで、なんにも変わってないんだ。宝石をあげたのに……なんで」

「え？」

宝石をあげた？

ナナラは訴えるようにまくしたてた。

「あげたんだ。父上の形見の、大きい宝石がついたネックレス。青くてきれいで、あれをお金に換えれば、食べ物くらいたくさん買えるはずなのに。それなのに、なんでまだ水に困ってる？　なんで……換金の仕方がわからなかったのか？　でも、そうだとしても、周りの大人たちがきっと……助け……て……」

自分のしたことに気が付いて、ナナラの言葉が途切れた。飢えた人々がたくさんいる国で、たった一人にだけ宝石を与えたら、何が起こるか。ましてやそれが、小さくて力の無い子供だったら。

ナナラが、ヒュッと喉を鳴らして震えだす。小刻みに揺れる肩に、カカシは手を重ねた。ゴツゴツしたカカシの指を、ナナラはすがりつくようにぎゅっと掴んだ。

chapter 3
三章

首都から薙苓(ナガレ)へと続く、踏みざらしの道。荒れてくすんだ黄土(おうど)を、馬の蹄(ひづめ)が等間隔に叩(たた)いていく。

ナナラは無言で、手の甲に視線を落としていた。固く握った手のひらが手綱(たづな)にこすれて、血がにじんでいる。

「誰が殴(なぐ)ったんだろう」

ぽつりとつぶやくと、カカシがナナラの方を見た。

「あの子を殴った誰かが悪いと思いますか？」

ナナラは首を振った。

少女を殴って宝石を取り上げた誰かも、きっと水が無くて困っていたのだろう。悪いのは、少女に宝石を与えた、無知な自分。そして、国民が水欲しさに子供を殴るような状況を作った、王宮の指導者(リーダー)たちだ。

水を手に入れるため、宰相(さいしょう)とマナリは、火(ひ)の国に戦争を仕掛けようとしている。五十人もの忍(しのび)が、十日間、薙苓(ナガレ)に滞在する。宰相から要求された食糧を用意するため、村に戻ったらすぐに準備を始めなくてはいけない。

「カカシ、五十人の忍を十日養うのに必要な麦の量は、どれくらいだと思う?」

「そうですね……」

カカシが答えた数字は、ナナラの想像していた数よりもずっと大きかった。

■

途中の村に泊まりながら、薙苓(ナガレ)には二日後の昼過ぎに到着した。

村人たちは、ちょうど、冬に蒔(ま)いた山麦の収穫作業をしているところだった。

すっくりと伸びた黄褐色(おうかっしょく)の麦に鎌をかけるのは、男たちの仕事。刈(か)り取(と)られた麦は、子供たちが胸いっぱいに抱(かか)えて母親のもとに運んでいく。日陰(ひかげ)で車座になった母親たちは、談笑しながら、器用に穂をよじって脱穀(だっこく)する。

最後に、麦を風にさらして残ったもみ殻(がら)を飛ばすのは、なぜか未婚の女性の仕事と決まっていた。

「ナナラ様、戻られたんですね。カカシ先生も、おかえりなさい」

畑の畝(うね)をまたいで立ったマーゴが、快活に声をかけた。麦でいっぱいになった笊(ざる)を、空気をすくうようにして頭上に掲げると、麦に混じったもみ殻が、風にすくわれてさらさらと零(こぼ)れ落ちていった。

　ナナラはこの景色が好きだった。

　与えられた自然の恵みに感謝して、一年の糧(かて)を蓄える日。

　だけど、今日収穫された麦のほとんどは、戦争のための軍隊に捧げられる。

「みんな、聞いてくれ」

　ナナラは、畑を仕切る石積みによじのぼって、村人たちに声をかけた。

「ナナラ、おかえり。姉さんは元気だったか？」

「カカシ先生も、長旅お疲れさまでした」

　汗を拭(ふ)きながら、服に積もったもみ殻を払いながら、顔を土だらけにした村人たちが集まってくる。

　ナナラは硬い表情で、みんなの顔を見まわした。

「……収穫した麦は、倉庫に運ばなくていい」

「は？　なんでだよ？」

　麦の束を抱えたスムレが、怪訝(けげん)そうに首を傾(かし)げる。

「もうすぐ、首都から、女王の軍隊がこの村に来るんだ。滞在中の食糧を用意するように頼まれた」

軍隊、という言葉の不穏さに、村人たちの表情が曇り始める。

「それって何人くらい？」

ナナラは、ちらりと背後を振り返り、突っ立って成り行きを見守っていたカカシの方を見た。

「五十人。十日ほど滞在するそうです」

カカシがナナラに代わって答えると、村人たちは一気に言葉を失った。

五十人といえば、薙苓（ナガレ）の人口の三分の一に匹敵する。それだけの人間が、十日も滞在するのは、はっきり言って負担だ。

「……宰相に、言われたから」

非難がましい視線をよけるように、ナナラは地面をにらみながら弁解した。「仕方ないんだ。戦争をするらしい」

「戦争!?　どこで？」

目を丸くしたマーゴが、矢継（やつ）ぎ早（ばや）に質問を重ねた。「誰と？　なんで？」

ナナラはますます視線を落として、消え入りそうな声でつぶやいた。

「火の国とだ。……もっと豊かな土地が、欲しいって」

村人たちが顔を見合わせる。

「火の国って、本当にあったんだ……」

「でも、ものすごく遠いんでしょ。どうやって行くの？」

「軍隊って……いつできたんだよ。先王の時代にはなかったよな」

烈陀国(レダクこく)は、有史以来、戦争を経験していない。外国と戦うということがどんなものなのか、村人たちはみな、想像がつかずにいるようだ。

「水源を求めて戦争をするってことは……首都では、水が足(た)りてないんですか？」

マーゴに聞かれ、言葉に詰まった。

「……ふつうだった。変わりなかったよ、今はまだ」

取(と)り繕(つくろ)って嘘(うそ)をついた自分の声が、やけにフワついて感じられた。「でも、数年のうちに水源が涸(か)れそうだから、早めに手を打ってほかの土地を手に入れるって、宰相が」

「そんな……宰相の軍は、火の国に勝てるほど強いんですか？」

「マーゴ。そんなこと、ナナラなんかに聞いたってわかるわけないだろ」

村人の一人が悪気なく言う。「どのみち、宰相が出兵を決めたんなら、俺たちは従うしかねえよ」

「でも……」

マーゴはなおも不安げだったが、多くの村人たちの顔には、すでに諦め（あきら）の色が浮かんでいる。

「せっかくいっぱい収穫したのに、全部とられちゃうんだね」

笊にふっくらと山盛りになった麦を見つめ、スムレがしょんぼりとつぶやいた。

■

「ナナラ、ちゃんと読んでます？」

「……読んでる」

ナナラは気のない返事をして、机の上に開きっぱなしの『四季のキノコ図鑑』に視線を落とした。いつもなら楽しいはずのカカシの授業が、ぜんぜん頭に入ってこない。食べられるキノコや薬になるキノコを見分けられるようになるのも大事かもしれないが、今はキノコ以上に重要な問題が差し迫（さ・せま）っている。

もうすぐ、女王軍が来る。それなのに、自分はどうすべきなのか答えは出ていない。

宰相は、戦争をすれば水が手に入ると言った。それが本当なら、もうすぐやってくる女王軍に麦を差し出して、支援するべきだ。

でも……そうすることで、本当にこの国は豊かになるのだろうか。

寄せ集めの抜け忍たちでは、火影率いる木ノ葉の忍には勝てない――カカシは、そう言っていた。彼の言うことが本当なら、戦争を始めるのは間違いだ。

「うー……」

頭の中がこんがらがってきて、ナナラはキノコ図鑑の上につっぷした。

周りの言うことは、いつもバラバラだ。自分は一体、誰を信じればいいのだろう。

脳裏に浮かぶのは、赤黒く腫れた少女の顔。もう二度と、あんな光景は見たくない。その気持ちは確かだ。でも、そうするためには、一体どうするのが正解なのか。

「お前が私の家庭教師になってから、悩むことばかりだ」

ナナラは、うらみがましくカカシを見上げた。ちょっとした愚痴のつもりだったが、ひとつ口にしたら止まらなくなって、どんどん本気の不満があふれてきた。

「難しいことなんて何も知らないまま、毎日スムレと火影ごっこだけして遊んでいられたら、ずっと楽だったのに。お前がいろいろ教えるから、色んなことがわかるようになって、それで、いろいろ、ぐるぐる、考えるようになってしまった」

「でしょうね。……ま、物事を知るってのは、そういうことです。周りの人間を守りたいのなら、強くなるしかない。みんなを導いていけるくらい、強い精神を持たなくては」

「私は王じゃないんだから、導く必要なんてない」

言い返しながら、また、殴られた女の子の顔が頭をよぎる。後ろめたくて、勝手に動く口が止まらなくなった。

「私はお前みたいに頭がよくないし、何も知らない。みんながお前みたいに、なんでもできると思うな」

どんどん口調が荒くなるナナラと対照的に、カカシは、ごく冷静にナナラを見つめた。

「オレは、あなたが思うほど、できた人間じゃないと思いますよ。あなたの目にそんなふうに見えているとしたら、たぶん、周りの人間に恵まれていたおかげでしょうね。師匠にも同僚にも弟子（でし）にも……もったいないほど、恵まれてましたから」

私だってそうだ、と思ったが、口には出さなかった。代わりに、ぱたんとキノコだらけの図鑑を閉じて、聞いた。

「……カカシ。私は、どうしたらいい？」

「それは、あなたが決めないと意味がない」

カカシはいつも、答えになっていないようなことばかり言う。こんなに悩んでいるのに、ちっとも助けてくれない。

「……姉上と宰相に従わなければ、きっと薙苓村（ナガレ）が攻撃される。でも、二人に従って戦争を許したら、たくさんの人が死ぬ」

「でも、何もしなければ、水不足でみんな死ぬ」

その通りだ。

「全部いやだ……選べない」

「選択肢(せんたくし)はまだあるでしょう。宰相の軍を力ずくで止める、とか」

「無茶苦茶言うな！」

ナナラは癇癪(かんしゃく)を起こし、立ち上がって怒鳴った。

「五十人の忍だぞ！　勝てるわけないのに……みんなが死んでもいいのか！」

ただの八つ当たりだとわかっていても、声を荒らげずにいられなかった。

カカシはそういう意味で言ったんじゃないと、頭ではわかっていても、止まらない。

どくどくいう鼓動と一緒に、胸の奥から感情があふれてくる。対面したカカシがさっきからずっと冷静なのが、また腹立たしい。

「きっと、正しく動けば、誰も死なずに済む道もあるでしょう」

「私には選べない」

嚙(か)みつくように言って、ナナラは部屋を飛び出した。

その夜。

カカシは、珍しく寝つけずに、低い天井をいつまでも眺めていた。

どちらも選びたくない——そう言ったナナラの気持ちが、カカシには痛いほどよくわかった。カカシ自身、六代目火影として、何度も選びたくない選択に直面してきたからだ。常に最善の選択をしてきた、なんて、とても思えない。きっと、自分のことを殺したいほど憎んでいる人間もたくさんいるだろう。

火影として波の国を表敬訪問したとき、歓声で迎えてくれた群衆に紛れて、カカシに唾を吐きかけてきた老婆がいた。息子が木ノ葉の忍に殺された、と訴えるように泣き叫んでいた。戦争が終わっても、癒えない傷を抱えて生きる人がたくさんいる。

世の中には、木ノ葉の忍を英雄視する人と深い憎悪を向ける人の両方がいて、カカシは六代目火影として、常に両方の矢面に立ってきた。尊敬も侮蔑も一緒くたに、不特定多数からさまざまな感情を浴びせられるのが火影だ。

指導者として、辛い決定をたくさんしてきた。

今もそうだ。カカシの正体をナナラが知ったら、なぜ直接助けてくれないのかとなじるだろう。カカシが本気を出せば、並の忍の五十人や百人、蹴散らせないわけはない。それに、体力の続く限り水遁で水を出し続ければ、その間は水不足を解決できる。

　でも、それじゃあ意味がない。この国の人たちが、自分の力で立って歩いていけるようにならなければ。

　飢えた人にパンを与えるのか、それとも小麦の作り方から教えるのか。火影として、カカシは常に後者を選択してきた。

「カカシ、起きてるか？」

　木戸の向こうで声がして、カカシは身体を起こした。

　入るよう促すと、ナナラはバツが悪そうにしながら、もそもそと部屋の中に入ってきた。

「聞いてほしいことがある。考えたんだ……どうしたらいいか」

　迷うように、ぎくしゃくと話し始める。

「私たちじゃあ、火の国に勝てない。でも、そもそも……仮に私たちが戦争に勝ったとしても、火の国から何かを奪って、それで裕福になっても、たぶん、誰も嬉しくないと思う。だから、私は、火の国と戦うんじゃなくて……友達になりたい」

　あなたが、もし六代目火影にあこがれるのなら。

　宰相はそう言った。だからナナラは、もしも六代目火影が自分の立場だったらどうするか、考えてみることにしたのだ。答えは、とっくにカカシから教わっていた。六代目火影がめざしたものは、周囲の国との共存共栄だって。

「私も、宰相に同行して火の国に行こうと思う。無理やり奪うんじゃなくて、対等な立場で支援を頼むんだ。……絶対、倍にして返すからって」

「上手くいかないでしょうね」

ナナラが悩みぬいて出した結論をさくっと否定して、カカシはマッチを擦った。いきなり出鼻をくじかれ、ナナラはカカシがランプに火を灯すのを見ながら「なんでだ」と顔をしかめた。

「あなた一人が同行したところで、どうせ長い道中で宰相に言いくるめられて終わりですよ。それより、わざわざ火の国へ行かなくても、もっと簡単な連絡手段があります」

「簡単な連絡手段？」

カカシは羊皮紙を引っ張り出してきて、ランプを置いた机の上に広げた。

「手紙」

「は？」

「友達同士は、手紙を書くでしょ」

「火の国は遠いんだぞ。一体どうやって届ける気だ」

カカシは、黙って窓の方に視線を投げた。

窓辺に置いた止まり木に、頭巾をかぶせられたレーがとまっている。

「……レーはだめだぞ！」

慌てて両手を広げ、ナナラはレーを守るように立ちはだかった。

「なぜです。鷹の飛行能力なら、火の国まで二日もかからないのに」

「国の外へはやれない。こいつは特別だ。王家の鷹なんだから！」

「なぜ、王家の鷹だと特別なんですか？　ほかの鷹と、何が違うんですか？」

ぐっと言葉に詰まって、ナナラは黙った。

カカシが、レーに向かって片腕を差し出す。レーは両足を揃えたまま、ちょんと前に飛んでカカシの腕にとまった。

「彼が火の国へ行くのは初めてじゃないはずです。先王の執務室で、これを見つけました」

そう言って、カカシは机の上に、筒状に巻かれた紙を並べた。

いつの間に立ち入り禁止の執務室に忍び込んだのかとあきれつつ、ナナラは紙の筒をしゅるりと開いた。冒頭に、いきなり父の名前が墨書きされている。

「手紙か？　変わった形状だな……」

誰からだろう。丸まった紙を最後まで広げ、文の最後に記された差出人の名前を見て、ナナラはあんぐりと口を開けた。

六代目火影。

文末には、達筆な毛筆で、確かにそう署名されていたのだ。

「先代の王は、六代目火影と手紙のやり取りをしていたようですね」

巻物を握りしめたナナラの手が、ぷるぷると震えだした。

信じられない。信じられない。信じられない。まさか、父上が、あの六代目火影とやり取りをしていたなんて!!

「カカシ! 六代目火影は存在するぞ!」

「ええ。宰相もそう言ってたでしょ」

ナナラは頰(ほお)を紅潮(こうちょう)させ、茶色ばんだ紙ににじんだインクのしみを撫(な)でた。

これが、六代目火影の字か。

なんだか伝説に直接触れているようで、身体が震えた。ちょっとひょろっとした筆跡は、カカシのものに少し似ているような気もする。難しい漢字がたくさん使われていて、全部は読めないが、カタカナでシュイグと書かれている箇所があった。どうやら父は、水鈷(シュイグ)のことまで話していたらしい。

「レー。お前、火の国まで手紙を運んでたのか」

ナナラが声をかけると、レーはまるで言葉を理解したかのように、得意げに胸をそらしてみせた。


翌朝、ナナラは、机に広げた羊皮紙を前に、うんうんうなっていた。

書き出しはどうしたらいいだろう。

六代目火影へ？　それとも、六代目火影様？

「うーん……」

首をひねりながら、ナナラは一文字ずつ、覚えたての文字を紡(つむ)いでいった。

姉と宰相が、火の国へ戦争を仕掛けようとしていること。

自分は、それを止めたいと思っていること。

これから、内戦になると思う。戦いが終わったとき、国土が荒れて民(たみ)が飢えるような事態は、絶対に避けたい。

だから、食糧や物資を援助してほしい。国が安定したら必ず返す。

そんな内容の文章を一生懸命にしたため、迷ったが、手紙の最後には自分の名前ではなく〈烈陀(レダク)国　代表〉とだけ書いた。

六代目火影殿。

冒頭に書いた宛名を、なんだかふわふわした気持ちで見つめる。

返事が来たらどうしよう。来なかったら困るのだが、直筆で返信が来たら嬉しすぎて死ぬかもしれない。嬉しすぎて、なんて不謹慎だけど、本音なのだから困ってしまう。

「……あこがれの六代目火影への初めての手紙が、まさかこんな用件になるとはな」

ぼそりとつぶやくと、カカシが意外そうな顔をした。

「もっとほかに、書きたいことがありました？」

「そりゃあ」

本当なら、嘆願書などではなく、ファンレターが書きたかった。自分がどれだけ六代目火影のことを好きか、あなたの物語にどれだけ魅せられ、勇気づけられたか。きっと羊皮紙十枚あっても伝えきれないだろう。

ナナラは、書き上げた手紙をくるくる丸めてい草で結び、レーの爪に引っかけた。

「頼んだぞ。六代目火影に会ったら、くれぐれもよろしく伝えてくれ！」

任せろと言うようにひとなきして、レーが窓から発つ。

遠ざかっていく茶色い毛並みを見送っていると、山の尾根に、いびつな線が点々と続いていることに気が付いた。

まさか。

ナナラは目を凝(こ)らし、線の正体に気付いて息をのんだ。

「なんで……早すぎる……」

宰相と女王の軍が、薙苓(ナガレ)に迫りつつあった。

■

宰相軍は山中を行軍し、二日後の午前中には、薙苓(ナガレ)の目前まで迫った。

先鋒(せんぽう)は、地味な色の装束(しょうぞく)に身を包んだ身軽な足取りの者たち。忍(しのび)部隊だ。本来隠密であるはずが、白昼堂々トレッキングよろしく山を越えてきたのは、早々にナナラたちを威圧する作戦か、それともハナからこちらの抵抗など問題にならないと思っているのか。いずれにしても、薙苓(ナガレ)に来るのは数週間後と聞いていたのに、予定よりずいぶんと早い。

しかし、そんなことより、もっと大きな約束違いがあった。

五十人どころではないのだ。

忍たちのあとに続くのは、隊列を組んだ砲兵軍。

男たちが交代で押す荷車には、筒状の鉄の塊(かたまり)が積まれている。

「大砲か……」

カカシは低い声でつぶやいた。

火の国と烈陀(レダク)国の中間にある、とある地域に特有の兵器だ。鉄の筒に入れた鉛玉を高速で発射するための装置で、その動力には、燐焔(りんえん)と呼ばれる粉末状の鉱物が使われる。燐焔は湿気にめっぽう弱いため、五大国ではまず使われない。カカシも、実物を見るのは初めてだった。

宰相は、海外視察の折に、大砲の精製法も抜け目なく持ち帰っていたのだろう。薙苓(ナガレ)に迫る砲兵軍の総数は、目算するに兵三百名。そして大砲は、ざっと四十門ほど。

「大砲を運んでいるのも、忍か?」

村の望楼(ぼうろう)から平原を見下ろし、ナナラは隣のカカシに聞いた。

「いえ、身動きから察するに、忍じゃないでしょう。国民を徴兵しただけだと思いますよ」

「あの大砲で、火の国へ攻め込む気なのかな」

「いや……ここまで大砲を運んでくるだけで、かなりの重労働です。遠い火の国まで運ぶのが現実的でないことくらい、宰相にだってわかってるでしょう」

「それじゃあ、どうしてわざわざ……」

「おそらく薙苓(ナガレ)を牽制(けんせい)するためです」

カカシは眉間(みけん)のしわを深くして続けた。「女王と宰相が留守にしている間に、あなたがクーデターなど起こしたら困りますからね。自分の息のかかった指揮官を大砲ごとこの村に駐屯(ちゅうとん)させて、あなたを監視する気なんでしょう」

「そんな……」

人口百五十人に満たない薙苓(ナガレ)村に、これほどの大軍へ食糧を供給できるような備蓄があるはずがない。

ナナラは表情を険(けわ)しくして進軍をにらんだ。

「私たちを疲弊(ひへい)させて……反乱を起こさせないようにする気か」

正午になるころには、全軍が、薙苓(ナガレ)へとたどり着いた。

村の西南に続く原野に陣地を張り、テントを組み立てて駐屯の準備を始める。

宰相は数名の忍を護衛に連れて悠々と薙苓(ナガレ)に入り、集まってきた村人たちに、馬上から声高(こわだか)に告げた。

「女王陛下より、薙苓(ナガレ)村への拝命です。これより女王軍は東へ進軍する。ついては、諸兄らへ食糧の供給を……」

「宰相、聞いてくれ」

ナナラは宰相の前に進み出た。「私は、この戦争には反対だ。勝てないと思うし、勝っても意味がない」

村人たちがぎょっとして、宰相に逆らうなんて聞いてないぞと言いたげにナナラを見た。

「ご心配なく。援軍が来ますから」

宰相は泰然と答えた。

「援軍？　また忍を雇ったのか」

「忍ではありません」

宰相は北の方へ視線を投げた。視線の先には、北から東にかけて広がる山脈の尾根が続いている。そこには確か、古代から続く天文学研究所が建っているはずだった。

「どういう意味だ？」

怪訝そうに聞いたナナラを無視して、宰相は、村人たちを見まわした。

「村にあるだけの食糧を、駐屯地に運び入れなさい。冬の備蓄分も全(すべ)て差し出すように」

高飛車に命令を下(くだ)し、用は済んだとばかりに、帰っていく。

去っていく宰相の姿を、村人たちは押し黙って見送った。

「私たちが食べる分がなくなっちゃうね……」

「しょうがないわ」

泣きだしそうな顔でつぶやいた村の女性を、マーゴが励ました。「言う通りにすれば、穏便に済むんだもの。山に入ればまだ山菜は採れるし、魚もとれないわけじゃない」

前向きに考えようとしているのだろうが、マーゴの顔は引きつっていた。この土地でとれる山菜や魚が、村人全員の生活を支えるには全く足りないことくらい、ナナラにもわかる。

「食糧は渡さない」

ナナラは決意して、つぶやいた。

「え？」

「必要な戦いなら支援する。でも、宰相が始めようとしているのは、ただの侵略だ。協力はできない」

「じゃあ、どうするんだよ」

「止める。力ずくで」

村人たちは、ナナラの言う意味がわからない。カカシだけが、ナナラの隣に並んで聞いた。

「戦うんですね？」

ナナラは小さくうなずいた。

恐れがないと言ったら嘘になる。

でも、六代目火影への手紙に書いたのだ。戦うから支援をしてほしいと。その言葉を反故にするわけにはいかない。

「ああ。戦う」

「それならば……私も、できる限りの支援をしましょう」

カカシは胸の前で手を組んだ。二度、三度と、影遊びでもするように、不思議な形に指を組む。そして、地面にトンと片腕をついた。

地面が小さく揺れ、ナナラは「ん？」と視線を巡らせた。

そこからの数秒は、あっという間だ。

村の周りの地面が盛り上がり、土ぼこりを巻き上げながら空高くせりあがって、あっという間に小高い丘ほどの高さの壁になった。薙苓の北東にはもともと高い崖がそびえているため、平原に面した西と南を土の壁に囲まれた今、村の周囲は崖と壁によって三六〇度ぐるりと守られた形になる。壁がせりあがる間際、すばやく反応した忍の一人がクナイのようなものを投げたのが見えたが、土の壁はたやすく跳ね返してしまった。

「これ……えっ、カカシ？　カカシがやったのか？」

ナナラは壁を見て、カカシを見て、壁を見て、もう一度カカシを見た。

牢固たる土の防御壁。これってまるで、本で読んだ六代目火影の土遁術……土流壁みたいだ。

「カカシ……お前、まさか……」

ナナラが、何かを察したように、声を震わせる。

カカシは、覚悟を決めて、ナナラと向き合った。

「まさかお前、六代目火影――と同じ、忍者なのか!?」

「…………はい」

奇妙な間があった。が、ともかく肯定したので、カカシは忍なのだと納得して、ナナラは目を輝かせた。

「すごい……カカシって、忍者だったのか……」

なんだか急に、普段の百割増しで輝いて見える。

「一応言っておきますが、身元を隠していたことについては、謝りませんよ」

度肝を抜かれている村人たちを見まわして、カカシがごく普通の口調で言った。


平原では、宰相が怒り心頭で、土の壁に向かって怒鳴り散らしていた。

「ナナラ王子、これはどういうことだ！　今すぐ壁を解かないなら反逆とみなしますよ！」

「反逆してるんだっ」

ナナラは望楼の上から、叫び返した。「薙苓は、戦争に賛成しない！　食糧も提供しない！」

テントから顔を出したマナリが、弟の反抗を知って顔色を失う一方、宰相は、攻撃の大義名分が出来たとばかりにほくそ笑んで、砲兵軍に合図を送った。

砲兵たちが一斉に動きだし、車輪を回して砲口を土流壁の方へと向ける。

「やっぱり、撃ってくる気だ。……カカシ、大丈夫なんだよな？」

「ま、たぶん」

たぶんって。ナナラは、砲兵たちが大砲に弾を装塡するのを、はらはらと見守った。火種が導火線を伝っていき、砲筒の中へと消えていく。

ドォン！

砲口が轟然と火を噴き、地響きとともに撃ち出された弾は土流壁に命中して炸裂した。

村人たちは悲鳴をあげて、お互いをかばいあいながら、うずくまった。

しかし、巻き上がった土煙はごくわずか――そして、土流壁はびくともせずに、変わらぬ姿でそびえている。

「傷一つ、つかぬか……」

宰相は、苦々しげに土流壁を見上げた。

「この壁は、土遁の技です」

一人の若い忍が進み出て、宰相に進言した。「忍の使う技には、それぞれ相性があります。そこを責めるのがよろしいかと。土遁の弱点は、雷遁」

男の右手が、バチバチと音をたてて電気を放電する。

「その技は……」

「雷切。かの六代目火影が雷を切ったという伝説が残る、火の国秘伝の大技です」

自信たっぷりに微笑して、忍の男は土流壁の前へと進み出た。

一般的に、土遁は雷遁に弱いとされる。土中に存在する多くの不純物が、電気をよく通すためだ。

「わたしの雷切で、粉砕して御覧にいれましょう」

望楼の上から忍たちの様子を窺って、ナナラはあせっていた。

「カカシ！　やばいぞ、あいつ！　なんかすごい技を使いそうな雰囲気だ！」

「…………」

「聞いてるのか、カカシ！　やばいぞ！　やばい！」

あー、うるさい。

カカシは、男が放つ技が通るであろう軌道の先をじっと見据えた。敵の男が、標的に視線を移したその動きの先を読み、攻撃が当たるであろうポイントに意識を集中する。

男が技を放った。

バチバチィ！

雷鳴が爆ぜ、光速の雷撃が土流壁を打つ。弱点の雷遁技に直撃されて、土の壁は無残に砕け散るかと思われた。しかし――

「なんだ……？」

雷撃を放った忍は、怪訝そうに、土流壁を見つめた。

放電は、土流壁に届いた瞬間、吸い込まれたかのように消え失せてしまったのだ。雷撃が当たったはずの場所は、そこだけが水晶のように透き通っている。まるで、土から硝子へと瞬時に素材が入れ替わったようだ。

　驚いて瞬（まばた）きしているうちに、透明な部分はあっという間に消えて、元の土に戻ってしまった。

「今のはなんだ？　壁が透明になって雷撃を弾（はじ）き、しかも……すぐに元の土に戻ったように見えたが」

「何か幻術（げんじゅつ）の類（たぐい）でしょう」

　忍の男は興（きょう）ざめして、フンと鼻を鳴らした。

「心配はいりません。このように巨大な土の壁を維持するのには、膨大（ぼうだい）なチャクラを使う。長くはもちませんよ。仮に術者が一人なら、半日も待てば勝手にバテて術を解くはずです」

　男は、かつて、火の国の忍だった。

　彼が仕（つか）えた六代目火影の時代、にわかに発達した科学技術と、古来より伝え磨かれた忍の技との融合が、さかんに叫ばれていた。

　そんな世にあって、ある科学者によって提唱された、土遁の雷遁対策技があった。

　――いや、技ではない。あれは到底実現不可能な、机上（きじょう）の空論だ。

　土流壁の一部分を、硝子状に変化させる術。

　通常、土には硝子の原料となる成分が多く含まれる。そして、この硝子成分を一か所に集めて原子配列を整えれば、土流壁は部分的に硝子状に変化する。硝子は電気を一切通さない絶縁体の性質を持つため、硝子状に変化させた部分は理論上、雷遁の攻撃を無効化するはずだ。

土遁・土石英（どせきえい）の術と名付けられた術だ。先ほど見た土流壁の変化は、まさにこの術そのものと見えた。

「しかし……いや、ありえん」

男は一人ごちて、首を振った。

土石英の術は、忍術の実践（じっせん）を知らぬ頭でっかちな学者によって生み出された、空想忍術だ。要求されることがあまりに難しすぎる。

土中の硝子成分のみ純度を高める、という変化の修業だけで、常人には何年もかかるだろう。さらに実践では、土流壁全体を保（たも）ったまま、雷遁を食らう場所にのみピンポイントで変化を起こさなければいけない。

しかも、土石英の術で雷撃を弾いたあとは、即座に変化を加えて、また元の土の壁に戻す必要がある。硝子の壁は雷遁の攻撃を防ぐことができるが、単純な物理攻撃で容易に壊されてしまうからだ。

土石英の術は、机上の空論だ。速さと、正確さ。想像するだけでめまいがするほどの、早く正確なチャクラコントロールが必要になる。そんな芸当が可能な忍など、この世に存在するわけが……。

男は、そこまで考えて、ふと思考を変えた。

そういえば、火の国の先代火影は、五遁(ごとん)の達人だと専ら(もっぱら)の評判だった。彼ならば、ともすれば……。

「いや、まさかな」

男は首を振って、気まぐれに浮かんだ自分の考えを否定した。

先代火影は、火の国を急速に発展させ平和を築いた立役者であり、世界的な要人だ。こんな僻地(へきち)のクーデターに、首を突っ込んでいるわけがない。


「あれが雷切ねえ……」

カカシはすっかり鼻白(はなじろ)んで、引き返していく宰相と忍たちを見下ろした。

かつて自分が得意とした技の名を勝手に名乗られているのは、もはやどうでもいいのだが、それにしてもずいぶんと質素な雷遁だった。抜け忍として今まで死なずにやってきているくらいだから、彼だってそこそこに腕は立つのだろうが、やはりカカシの力量と比(くら)べるとどうしてもかすんでしまう。

土遁・土石英の術。

昔、とある科学者に提案されて会得（えとく）してみた、雷遁対策の術だ。実践するのはずいぶん久しぶりだったのだが、なんとか上手くいった。土流壁を硝子に変化させて雷遁を無効化する術だが、あまり強力な電撃は跳ね返せない。熱でガラスが溶けてしまうからだ。もしも食らったのが教え子の千鳥（ちどり）だったら、さすがに防ぎきれなかっただろう。

それよりも――。

カカシは、混乱のただ中にいる村人の方を振り返った。

「ナナラ、お前なに宰相に逆らってんだよ。それに、なんなんだあの壁……」

「今からでも遅くないって。謝って食糧を渡そうよ。女王に逆らうのはまずいんじゃないか」

突然この小さな村に「籠城（ろうじょう）」することになってしまった村人たちは、みな一様に青ざめている。

無理もないだろう。彼らにしてみれば、あの土の壁が、自分たちを守ってくれているのか包囲しているのかもわからない状況だ。

「あー……ま、ちょっと、落ち着いてください」

カカシが声をあげた途端、村人たちは急に静まり返った。鬼を見るようにして、カカシの様子を怖々と窺う。

「混乱する気持ちはわかりますが、まずはナナラの話を聞いてやってくれませんか。オレは彼と首都に行ったからわかるんですが、どうやらこの国はのっぴきならない状況にあるみたいで」

「……あのさ。お前家庭教師じゃなかったのか？」

一人の男が、気味悪そうにカカシを見た。「勉強を教える先生が、あんなすごい忍術使うなんておかしくないか」

「そうだよ」

別の男がすかさず同意する。「女連中には人気があったみてえだが、俺はお前のウワサを聞いて怪しいと思ってたよ。もともとこの村に来たのは、あの宰相に派遣されたからなんだろ？　もしかして、向こうのスパイなんじゃないのか？」

「そんなわけっ……」

ナナラは勢いよく言い返そうとしたが、肝心の言葉が見つからず、口を開けたまま固まった。冷静になってみれば、相手の言うことの方が正論だ。

「カカシ先生。あなたは……何者なの？」

マーゴが、おずおずと聞いた。「あの技……あれ、忍の技よね？」

カカシはゆるく首を振った。

「この戦いが終わったら全て話します。逆に言えば、戦いが終わるまで何も話しません」

「なんで言えないんだよ?」

「あなたたちが拷問されてオレの出自を相手に漏らしたら、祖国に危険が及ぶ可能性があるからです」

物騒な理屈に気おされ、村人たちが黙り込む。

「ま、ともかく。まずはナナラの話を聞いてやってください。結論を出すのは、情報が出そろってからだ」

そう言うと、カカシはくるりと踵を返した。

「どこ行くんだ?」

ナナラが不安げに聞く。

「部外者であるオレがいない方が、村人同士で話し合いやすいでしょう」

冷静になって考えれば、カカシは本当にうさんくさいやつだ。

村人たちとの話し合いを終えたナナラは、村を歩きまわってカカシの姿を探しながら、しみじみとそう実感していた。

そもそも、カカシのこと、何も知らない。聞いてもはぐらかしてばかりで教えてくれないし。今思えば、彼が本当に首都から派遣されてきたのかどうかすら怪しかった。

でも、なぜか信用したくなるのだ。

この背中に、ついていきたくなる。きっと、良い指導者というのは、カカシのような人のことを言うんだと思う。

「みんなに話したぞ。首都のこととか、いろいろ」

積み藁の上で本を読んでいたカカシを見つけて、そう報告した。

「どうでした?」

「まだ状況を飲み込めないって。明日の朝、もう一度集まって、そこで、話し合うことになった」

「村人たちがためらう気持ちもわかります」

カカシは本を閉じて言った。「あれだけの戦力を目の前で見せつけられたあとで、王に歯向かうのが怖いのは当然だ。……何か、後ろ盾になる存在があればいいんですが」

「後ろ盾か」

つぶやいて、ナナラは暮れなずむ空を見上げた。

レーはまだ、帰らない。

■

翌朝になると、四十門の大砲が、村を取り囲むようにして、ぐるりと半円状に配置されていた。その砲口は全て村の方を向いていて、降伏しろと言わんばかりだ。

村の足元に広がる駐屯地を、ナナラは暗い気持ちで見下ろした。宰相の深紅の法衣が、陣地をあちこち動きまわっているのが見える。でも、姉の姿は見当たらなかった。どこかのテントに閉じこもっているのだろう。

大砲の威嚇（いかく）は、村中の恐怖心を存分にあおった。

ナナラは広場で、村人たちと再び（ふたた）今後の進退について話し合ったが、一晩経ってもやはり降伏派が圧倒的に多いままだ。特にマーゴは、宰相と戦うことを強硬に拒否した。どうしても、無事にもう一度首都に帰りたいのだという。

かといって、あれだけの人数を養えば備蓄が底を突くであろうことは目に見えている。

状況は、完全に八方ふさがりだった。

「どうしたらいいんだろ……」

マーゴが泣きだしそうな顔でつぶやく。

中年の男が腕組みをして、はぁ、とため息をついた。

「なんだって、あの宰相がこんな権力を握っちまってるんだよ。もとはといえば、それが元凶じゃねえか。あいつを任命したのは、先王だったか」

男の軽口に反応して、ナナラはぴくりと動きを止めた。

「今、そんなこと言ったってしょうがないでしょう」

マーゴにたしなめられても、男の口は止まらない。

「元をたどれば、先王が無能だったんじゃないのか。あんな男を信じて登用して、まったくなんてマヌケな……」

「父を悪く言うな！」

仲間割れなんかしている場合じゃないのに、気が付いたら、そう叫んでいた。

みんなの視線が自分に集まるのを感じたが、気持ちがこみあげてきて、落ち着けそうにない。男はぎょっとしたように一瞬黙り込み、それから、へらっと笑って肩をすくめた。

「……なんだよ。ナナラ、むきになって。怒んなよ、事実だからって」

「ふざけるな！」

男に掴（つか）みかかろうとした身体が、手前につんのめった。

「落ち着け」

頭の上でカカシの声がする。後ろからカカシに捕まえられたのだと気づいて、ナナラは身体をよじった。

「放せカカシ！　こいつ、父のこと何も知らないくせに!!」

抵抗むなしくカカシに引きずられ、広場の外へと出された。カカシは、放せ放せとわめくナナラを小脇に抱えて坂を上り、最奥の望楼の前まで来てからようやくすとんと下ろした。

「父は無能なんかじゃない！」

下ろされるなり、ナナラは勢いよく訴えた。「この国のために、ずっと、一生懸命、働いてきたのに！」

カカシはため息をついた。

「家族を悪く言われたら、誰だって腹が立つ。それはわかります。でも、何があっても、王族が国民に手を出したらだめでしょうが」

「王族なんてまやかしだ」

ナナラは吐き捨てるように言った。「ほかの人間と、何も変わらない。それなのに、王家に生まれたというだけで、人の上に立つことを許されるなんておかしいだろう」

「確かに、そうかもしれません。さっきの村人の話だと、あなたのお父さんも、王として実力不足だったようだし」

「違う！」

ナナラは、目を真っ赤にして怒鳴った。カカシまで、そんなことを言うなんて。

「会ったこともないくせに、適当なこと言うな！　父は実力不足なんかじゃない。みんなから尊敬されて、必要とされてた！　どんなに忙しくても、絶対手を抜かなくて、いつもみんなのことを一番に考えて……」

「立派な王だった？」

「そうだ」

声がよじれた。カカシが、ナナラの顔を見下ろして聞く。

「それほど先王を尊敬していたのに、どうしてあなたは王位に就かなかったんです？　お父さんのようには、なりたくなかったんじゃないんですか？」

「違う……！」

カカシの口調はナナラを追いつめるようだ。いつもみたいに、ナナラが自分で言葉を見つけるのを待ってくれない。

「逆だ……父のようになりたかった。でも、そうなれる自信がなかったから……だから

「……」

「だから、王にはならなかった？」

ナナラは後ずさった。もうこんな会話はやめたいのに、カカシの言葉が放してくれない。気付かないふりをしていた感情を、引きずり出されそうだ。消(け)し損(そこ)ねた残り火が木杭(きぐい)を焦(こ)がすみたいに、じりじりと。

「それなのに、今、王でもないのに、みんなを説得して宰相に歯向かおうとしている。なぜですか？」

「それは……」

「なぜ国を守りたいと思うんです？　王でもないのに」

「でも――私は父の子だ！」

ナナラの目から、とうとう涙があふれた。

王家の血を信じることはできなくても、父の背中を見て育ったことは、ナナラの誇りだった。父の子として、父が愛したこの国を守りたい。

「女王が……姉上が、道を踏(ふ)み外(はず)そうとしているのなら、私はそれを止めたい！　父もきっとそうすると思う」

脳裏をよぎるのは、自分のせいで顔を殴られた女の子のこと。首都で苦しむ人たちの姿を見てからずっと、祖先や父が紡いできたこの国を守りたいという思いは強くなる一方だ。

ナナラはうめくように、息を吐き出した。

「この国を守りたいと、強く思う。でも……私でいいのか、わからないんだ。だって……火影は、血筋じゃなくて実力で選ばれるのに」


「あなたの言いたいことはよくわかる」

カカシは静かに腰を下ろし、ナナラと目を合わせた。

「血筋というのは、厄介なものです。自分では選べないし、変えられない。でも、生まれてくる家を選べない以上……向き合えるのなら、向き合った方がいい。自分の手に入るもので、最善を尽くしてやっていくしかないんだから」

両親から受け継いだものを、いかに抱えていくか——それは、忍の生き方においても、重要な意味を持つ命題だ。

忍の世界では、血統による特殊能力が、大きな力を持つ。

うちはの血。日向の白眼。血統によるものではないが、望まずに持った力という意味では、尾獣のチャクラも同じようなものだ。

教え子たちや同僚の顔が、順に脳裏に浮かぶ。彼らはそれぞれ、自分の出自を時に誇り、時に激しく厭いながらも、常に向き合って懸命に生きてきた。忍術の才能に恵まれなかった太眉の修業バカが、まっすぐな努力によって強さを得たように。

「…………」

ナナラは、押し黙って、地面に視線を落としている。

彼の様子を見守りながら、カカシは無意識のうちに、左眼に触れていた。

かつてカカシの左眼には、親友が「お祝い」によこした異能の能力が宿っていた。使いこなせば比類のない力となるこの眼は、残念ながら血継限界で、カカシの体質では効率よく扱うことができなかった。

それでも、カカシは、身体に合わないこの能力と向き合い続けた。

——アナタの体はその眼に合う血族の体では無い。

昔、うちはの男に言われた言葉だ。そんなことはわかっている。それでもカカシは、自分にはけして十二分には発揮できないこの能力を磨き続け、写輪眼のカカシと呼ばれるまでに習熟した。死んだと思っていた親友が最期に与えてくれた眼で、世界を見たかったからだ。カカシに、血筋のハンデを乗り越えるほどの意志をくれたのは、ほかならぬオビトの存在だ。

「王（リーダー）を王（リーダー）たらしめるものはなんだと思う？」

ナナラが、墨汁（ぼくじゅう）を垂らすようにぽつりと聞いた。

「王族の血筋に生まれた私が……選ばれて指導者になった六代目火影のようになるには……どうしたらいい？」

「行動で認めさせるしかないでしょう。周囲と絆（きずな）を作るんです」

カカシはあっさりと言うと、窓の外に視線を投げた。

「ほら」

と、遠くの空を指さす。「レーが、ちゃんと帰ってきましたよ」

ナナラははっと顔を上げた。

焦げ茶色の翼を広げたレーが、堂々と羽ばたいて飛んでくる。

「レー！」

ナナラは両腕を振りまわして呼んだ。

自由に空をかけるレーの姿は、こうして地上から見上げると、ほかの鷹と何も変わらないように見える。

それでも、レーは確かに王家の鷹だった。それは、レーの親鳥が王家の鷹だったからじゃない。先王との間に、そして今はナナラとの間に、絆があるからだ。

レーが持ち帰った火の国からの手紙には、ナナラの求めに応じて支援をする準備がある、とあった。食糧でも医療品でも、可能な限り支援をしてくれるという。

泣きそうになりながら、火影からの手紙を一文一文ゆっくりと読み進めたナナラは、最後に書かれた署名を見てあんぐりと口を開けた。

七代目火影。

やけにクセのある筆跡で、そう書かれていたのだ。

「一代増えてる!」

「代替わりしたんですね」

手紙を握るナナラの手が、ぷるぷると震えた。

「……死んだのか?」

「さぁ。歳(とし)くって引退したのかも」

「そっか。……きっと、そうだな。六代目火影も色々がんばったし、そろそろのんびりしたらいい」

ナナラは、紙ににじんだ火影の署名を撫でた。

肩書の下に、本名もちゃんと書かれている。七代目火影——うずまきナルト。変わった名前だけど、不思議と光を感じる。

しばらく、顔を真っ赤にして火影の直筆を眺めていたナナラは、やがてこらえきれなくなって、手紙を握りしめたまま広場へと駆け込んだ。

「みんな！　これを見てくれ！　火影からの手紙だ！」

伝説の火影の名には、村人たちの背中を押すに足る十分な力があった。

火の国の七代目火影が、支援を約束してくれた——その事実は、多くの村人に、宰相に立ち向かう勇気を与えた。

もちろん全員ではない。それでも最終的には、全体の半分以上の村人たちが、宰相と戦うことに同意をしてくれたのだった。

決行は、今日の夜。

■

手紙を握りしめたナナラが広場へと走っていったのを見送ってから、カカシはようやく、望楼の柱にもたれた。

口布を外し、服の襟もとをゆるめる。そのままずるずると座り込んで、ハァー、と大きなため息を吐き出した。

もう一日半以上、土遁の術を使い続けている。

カカシの戦闘力は、オビトやマダラと戦った当時と比べて大幅に飛躍している。あれから長い年月が経ち、その間ずっと、研鑽（けんさん）を重ねているのだから当然だ。写輪眼を失い雷切も使えなくなったが、それに代わる新たな技も複数習得したし、チャクラの総量にしても当時とは比較にならないほど増えた。しかしそれでも、村ひとつ取り囲むほどの土流壁を、砲弾に耐える強度のまま維持し続けるのは、正直めちゃくちゃしんどかった。

こめかみに滲（にじ）んだ汗をぬぐい、浅い息をつく。

作戦決行の時間まで土流壁を維持し続けたとして——カカシに残されたチャクラは、雷切にして四発程度だろう。

四章

真夜中。

ナナラとカカシ、そして村人たちは、土流壁(どりゅうへき)の手前に集まった。

もう数刻で明け方だ。幸(さいわ)い、月は分厚(ぶあつ)い雲の裏側に隠れている。視界が悪いのは好都合だった。こっちには地の利がある。

「みんなの避難は終わったわよ」

連絡係のマーゴが、ナナラのもとに報告に来た。

「ありがとう。じゃあ、マーゴも避難してくれ」

マーゴは最後まで宰相(さいしょう)に逆らうことに反対していて、ほかの反対派の村人と一緒に裏手へ避難することになっている。しかし、マーゴはナナラの言葉に首を振り、手に持っていた鍋を頭にかぶった。

「やっぱ私も戦う。あなた一人に戦わせて、それで生き残って首都に戻っても、合わせる顔がないし」

いいのか、と聞こうとして言葉を飲み込み、ナナラは小さくうなずいた。

マーゴだけでなく、集まった村人たちはみな、鍋や籠を頭にかぶって武装している。手には鍬や鎌などの農具を握りしめ、そして、家畜の革を使った水嚢に、ありったけの水を詰めて腰から下げていた。

作戦はシンプルだ。忍たちはカカシが引き受ける。その隙に、村人たちは砲兵陣地に突入して、砲弾の推進力となる燐焔を湿らせ無効化する。ナナラは別行動で、女王を探して進軍を中止するよう説得する。

「準備はいいですね」

カカシの問いかけに、一同は無言でこくりとうなずいた。

カカシが、胸の前で手を組み合わせる。

ズン、とわずかに地面が振動した。目の前の土流壁が、ぼろぼろと、溶けるように崩れ始める。土流壁の術が解けたのだ。

「行くぞ！」

ナナラが、飛び出していく。スムレが続き、村人たちがそれにならった。

■

駐屯地は、静かだった。見張りについていないほとんどの忍たちは、テントの中で睡眠をとっている。

ほー、と梟の鳴き声が響いた。

小用を足しにテントの外へ出てきた男は、大地がすんと揺れたような気配を感じた。一瞬、土流壁の術の使い手が解術したのかと思ったが、それにしては振動が小さすぎる。あれほど巨大な土流壁を作っていたチャクラを解除するのだから、かなりの振動と轟音を伴うはずだ。よほどの達人だったとしても。

たぶん飲みすぎで、足元がフラついただけだろう。

という結論にいたった男は、悠々と用を足し、さて戻ろうとくるりと振り返って、驚愕した。

村を取り囲んでいた土遁の壁が、溶けていたのだ。

「な……」

正確には、溶けるように消滅していた。村を囲むほどの巨体を成す土流壁の、その砂粒ひとつひとつが、まるで空気に溶けるようにして静かに消えていく。砂煙の一つもたてず。

なんて見事なチャクラコントロールだろう。

状況を忘れて見入っていた抜け忍の男は、ふいに何者かに首の後ろを叩かれ、膝を折ってその場に倒れた。

「……かはッ……」

かすれ声を出すので精一杯だった。

身体が芯からしびれて、指一本動かない。

下りてくるまぶたの陰で最後に見たのは、月光を浴びて輝く、狼のような銀色の髪。そして——山羊のように眠たげな目つきをした忍者の姿だった。

宰相が集めた抜け忍たちは、総じてやる気に欠けていた。

彼らは信念で戦っているわけでもなければ、何かを守りたいわけでもない。ただ、金で雇われているだけだ。もちろん、任務である以上全力は尽くすし、必要があれば命を懸けるが、できればそんなことはしたくない。首都を守るために遠路はるばる大砲を運んできた農民たちの方が、まだいくらか士気が高いくらいだ。

駐屯地の東側を見張る忍たちの役目は、村の様子を確認し、妙な動きをしていないか監視すること。

しかし、彼らは敵の動向を見張るよりも、将棋の対局に夢中だった。

「どっちが勝ってますか」

「んー、どうだかなぁ……」

勝負に夢中になっていた男は、頭の上から降ってきた声に、生返事を返した。盤上をにらみながら、ふと、今声をかけてきたのは誰だったっけと顔を上げる。

正面に座った対局相手が泡を噴（ふ）いていた。後ろで対局を観戦していた男も、いつの間にかひっくりかえっている。

「へ？」

とん、と首の後ろに軽い衝撃が走り、男は駒（こま）を蹴散（けち）らして盤上に覆（おお）いかぶさった。

一方、北側を見張る三人の忍たちは、東側よりは幾分まじめに仕事をしていた。村を囲む土流壁にもときどき気を配りつつ、メインは、村人たちが迂回（うかい）してくる可能性を考えて、北に広がる崖（がけ）を見張ることだ。

「しっかし、あんなにでけえ土流壁を長時間維持できるようなすげえ忍が、あの村に味方してるとはなあ」

「いやー、あれを一人で維持するのは無理だろう。複数人の混合技じゃねえか」

「そんなとこだろうなあ」

とりとめもなく話しながら、男の一人は、なんとなく背後を振り返った。

高々と天に向かってそびえているはずの土流壁は、闇に覆われて見えない。しかし、村と駐屯地のちょうど中間地点で、人影が移動する気配がした。

はっと立ち上がり、松明の明かりを掲げて目をこらせば、さっきまで確かにあったはずの土流壁が消えていることに気付く。

「おい！　村の奴ら……」

動きだしてるぞ、と言いかけた男の身体を、誰かが後ろから抱きすくめた。胸の真ん中に拳がめり込んでヒュウと息が抜け、引きずられるように意識も抜けていく。

「ん？」

「なんか言ったか？」

仲間の異変に気付いた、残りの二人の後頭部が突然わしづかみにされた。勢いよく打ち合わされて、ゴン！　と鈍い音が響く。相互に頭突きをしあう形になった二人の忍者は、揃って白目を剝いて気絶してしまう。

カカシは、見張りが落とした松明の明かりを、かかとで踏み消した。

宰相が雇った忍は、全部で五十人。

「残り、四十三人か……」

小さくつぶやき、たんこぶを作った二人の忍を地面に落とす。そして、木ノ葉のマークを削った無地の額当(ひたいあ)てを斜めにつけて左眼を隠し、踵(きびす)を返して寝静まったテントへと忍び寄った。

宰相に集められた忍たちは、けして、雑魚(ざこ)の寄せ集めではない。抜け忍としてこれまで死なずにやってきているのだから、全員並の使い手ではないはずだ。

カカシは息を止め、するりとテントの内側に入った。中にいる忍は、全部で十人。いずれも立ち膝をついたり、胡坐(あぐら)をかいた姿勢で仮眠をとっている。

猫の足音でも目を覚ますよう訓練されている連中だ。気配を消して、息を止めたまま忍び寄り、慎重に、かつ片っ端から、敵の首筋(くびすじ)に手刀(しゅとう)を入れていく。イルカに教えてもらった入眠の点穴(てんけつ)が、ここでも役に立った。敵を殺さずに無効化するには、最適の方法だ。

火影(ほかげ)になる前、カカシが知っていたのは、人を殺す方法ばかりだった。殺さずに拘束する方法も知らないではなかったが、いずれも大きな痛みを伴う、拷問(ごうもん)めいたやり方だった。

時代が移り変わり国が安定して、「殺さずに拘束」を忍の原則に決めたとき、そのガイドラインとして何を書くべきか、はたと迷ったのは、ほかならぬ六代目火影自身だ。すでに忍者学校(アカデミー)の校長になっていたイルカのもとへ相談に行くと、笑い飛ばされた。それから言われたセリフは、一言一句覚えている。

「大丈夫。こう見えても忍者学校(アカデミー)は、教育以外のこともちゃんとやってるんです。敵を即座に眠らせる術、硬直させる術、古いものから新しいものまでちゃんと保存してありますよ」

　得意げなイルカの顔を思い出しておかしくなったせいか、一瞬気がそれて、九人目の首を絞めながらうっかり衣擦れの音をたててしまった。

　奥で片膝を立てて眠っていた男が、ギンと目を見開き、カカシの姿を見るなり懐に手を突っ込んだ。身を翻し、懐から出した小刀でテントを引き裂いて、声を張りあげる。

「侵入者だ！　みんな起き」

　男の口を、カカシの手がふさいだ。そのまま片腕で、気絶するまで首を絞める。数秒でだらんと力の抜けた身体をその場に落とすと、カカシは男が切ったテントの裂け目から外に出た。

　忍装束に身を包んだ男が、ざっとカカシの前に並んでいた。五人か、と視認したそばから二人増えて七人になった。

　あーあ、みんな起きちゃったよ……。

　静かだった駐屯地は、様相が一変していた。やかましいのは、忍ではない砲兵たちだ。「敵襲だ、松明を消せ」「いや、消すな」と混乱して右往左往している。一方、いち早く侵入者のもとへ駆けつけた七人の忍は、ものも言わずじりじりと、カカシとの間合いをはかった。

　武器が欲しい。

　手近を探ったカカシの手が、篝火の籠の下にかけてあった鍋に触れた。

「んー。……ま！　これでいいか」

　忍と戦うのは久しぶりだが、悠長に手合わせを楽しんでいる余裕はない。なにしろ一対五十なのだ。集団戦に持ち込まれる前に決着をつけねば、無傷では済まないかもしれない。

「サクサクいこーね」

　カカシは、自分で自分に声をかけ、地を蹴った。


　一人か。

　報せを受けて駆けつけた忍の男は、侵入者を一目でみくびった。策もなく一人で乗り込んできて、みすみす複数に囲まれるなんて、どう考えてもたいした使い手ではないだろう。上背こそあるが、なんだか眠そうだし。

　内心では油断しつつも、男は抜け目なく真剣を抜いた。下段に構え、腰を落とす。目の前の侵入者の腹を突き、二つに斬り落とすところを想像して唇を舐めた。

カーン！

やにわに甲高い音が響いて、味方の一人がいきなり仰向けになった。

「お？」

倒れた味方に注意を向けたその瞬間、顔中に殺気を受けた。視線を正面に戻せば、侵入者がいつの間にか目の前にいる。拳の鋒尖を脇腹にねじ込まれ、たまらず柄から手を放してしまった。

——殺される！

地べたに倒れ込みながら覚悟したが、侵入者はなぜか、すっと身を引いた。男はつんのめりそうになりながら刀を拾い、塀を背にして構え直した。

カーン、とどこかでまた音がする。仲間が、印を結ぼうと手を組んだままの姿勢で、どうと倒れた。闇の中で、何か平べったい金属のようなものが、一瞬てかりと光った。

今のはなんだ？　円盤状の武器だろうか？

カーン！

またあの音がして、クナイを握りしめていた忍がふらりと伏した。

今度ははっきり見えた。倒れた忍者の頭を打ったのは、鍋ぶただ。飯を炊くのに使っている、鉄製のやつ。米がこびりつくとなかなか取れなくて、いつも困っている。

……鍋ぶた？

カーン、カーン。甲高い音が、立て続けに二度響いた。白目を剥いた顔が二つ、地面の上に倒れ込む。鍋ぶたが、銀色の残像を残して再び闇に溶けていく。

味方が次々と鍋ぶたにやられている、という事実を消化できないまま、男はともかく刀を構え直した。なんか、きっと、実はチャクラを使ったすごい鍋ぶたなんだろう。そうに違いない。

刃の切っ先をゆすりながら、じりじりと後ずさる。背中に、篝火を抱いた三本足の木柱が触れる。

「どこから来る……？」

警戒している間に、カーンと六度目の音が響いた。味方の身体が地面に伏す音を聞き、いよいよ冷や汗も出なくなる。これで残ったのは自分だけだ。七対一で始まった喧嘩が、ものの数秒でタイマンになってしまった。

暗闇の中、血管が沸騰しそうなほどに全身をそばだてて、あたりの気配を窺う。味方はみんな、一撃で倒されている。食らったら終わりだ。

ヒュッ、と頭上で鉄が空を切る気配がした。

「ダァァァッ！」

男は死に物狂いで、逆手に握った抜き身を突き上げた。

手ごたえがあった。切っ先が弾いた鍋ぶたが空を飛ぶのが見え、血が沸いた。

勝った――と、確信したわけではないが、気持ちはゆるんだ。

胸に重みを感じて視線を下げると、クナイが、左胸に深々と突き立っている。あっと思ったときにはもう、クナイは消えていた。

「え？」

幻術だとわかっていても、一瞬戸惑う。

次の瞬間、首筋に手刀を食らって、男は気を失った。


「これで、あと二十六人ね」

弾かれた武器を拾い、カカシは、あーあとため息をついた。存外の活躍を見せた鍋ぶただが、最後に受けた真剣の一打にはさすがに耐えられず、大きくひしゃげている。弾避けになったらいいな、という希望的観測のもと、一応懐に入れた。

ここまで順番に戦った限りでは、忍たちの平均的な力量は特別上忍程度と思われた。けして弱くはなく、抜け忍として頭角を現せそうな力量のやつもチラホラいるが、カカシにしてみれば半端なチンピラの集まりだ。

「ま、最後の真剣使いは、なかなかの身のこなしだったかな」

彼が意外な粘りを見せたために、カカシは幻術を使う羽目になり、わずかながらチャクラを消費してしまった。宰相と対峙するときまで、少しでもチャクラを温存しておきたいのに。

背後から、忍が駆けてくる気配がする。

カカシは、すうっと気配を消し、再び闇に紛れた。


六人の忍たちはひとかたまりになり、お互いの死角を補い合って、周囲を警戒した。

侵入者を告げる叫び声が聞こえてから、まだ一分も経っていない。その間に、七人もの仲間が昏倒して地面に倒れていた。

「おそらく、火の国か、その周辺諸国の忍だろうな」

先頭を駆ける男がぼそりとつぶやく。少し後ろについた歳若の男が「ええ」とうなずいた。

倒れた仲間は、全員、とどめは刺されていなかった。気絶させて大人しくさせるくらいなら、いっそ殺してしまった方がよほど手っ取り早いのに、そうしなかった。そんな酔狂(すいきょう)な真似(まね)をするのは、火の国を中心とした五大国の忍のいずれかだろう。

「七人が一度にやられているなんて、おそらく侵入者は複数でしょうね。最低三人……いや四人かな」

「ああ。ロクに抵抗できた形跡がねえってことは、一人ずつ狙って袋叩きにしたんだろうな。いずれにしても相当の精鋭だろうが、多勢に無勢であることには変わりない」

集団が通り過ぎざま、篝火の炎がぐらりと揺れて倒れてきた。受け止めて支えるべきだったが、一番近くにいた歳若の男は、手が焼けるのを恐れてとっさに身体を引いてしまった。

炎をまとった薪(まき)が散らばる。火は砂の上でも燃え続けていたが、周囲の明るさは一気に落ちた。急激に目が利かなくなり、目の前を横切った影への対応がおくれる。

ゴン、と、何か固いものに頭蓋(ずがい)を叩かれて、先頭の男は目を回して倒れた。

仰向けになった胸の上に、仲間の身体が次々折り重なってくる。一人、二人、三人、四人。最後に残った歳若の男は、隣にいた五人目の脳天が打たれる音を聞いた。

「あーあ、またダメになっちゃったよ……」

侵入者が、ため息をまじえて、何かを地面の上に投げ捨てた。さすがに目で追って隙を作るような真似はしなかったが、視界の端にチラリと入った。……ひしゃげた鍋、に見えたが気のせいだろうか。確認する余裕はない。

男は、じりりとクナイを構え、侵入者と対峙した。

「王に歯向かう不届き者め……生きては帰さないぞ！」

威嚇したつもりだったが、声が震えた。一対一で向き合い、その威圧感を身に受けて初めてわかる。相手が、ケタ違いの化け物だと。

侵入者は額当てと口布で顔をかくしていて、人相がよくわからない。しかし、どこかで見た覚えがあるような気がした。

顔を知られているほどの有名な忍だとすれば、ますます自分に勝ち目はないだろう。任務じゃなければとっくに逃げている。だが、後ろ盾のない抜け忍にとって、現場放棄は御法度だ。彼には加勢が来るまで、一秒でも長く目の前の侵入者を引きつけておく義務があった。

「生きては帰さないぞ……」

同じセリフをもう一度吐いて、腰を落とす。術を使うのはあきらめた。隙がなさすぎて、印を結びきれる気がしない。

侵入者は無言だ。無駄話をして時間稼ぎに付き合ってくれるつもりはないらしい。歳若の男は、クナイを胸の前に構え、瞬(まばた)きもせずに侵入者を見つめた。

ジャリ、と足首に何かが巻きつき、次の瞬間身体がぶわんと浮いた。

分銅鎖(ふんどうくさり)に引き寄せられ宙を泳ぎながら、歳若の男は、新たに加勢に来た仲間の姿を視界の端に見た。

仲間たちが、手裏剣(しゅりけん)を投げる。

侵入者は、引き寄せた男の肩を抱くと、ぐいっと正面を向かせた。

——俺を盾に、手裏剣を防ぐ気か!

そう思ったのだが、侵入者はなぜか、グローブから伸びる長い指先を使って迫(せま)る手裏剣をトンと捕まえ、そのまま投げ返した。

え? と思った拍子に、首の後ろを叩かれる。訳(わけ)がわからないまま、すうっと眠るように意識を失った。


侵入者に投げ返された手裏剣は、男の足を貫通した。たまらずバランスを崩し、のけぞった男の顔面に、瞬時に距離を詰めてきた侵入者の膝蹴りが炸裂する。

殴りかかってきた別の男をかわしざまに殺気もなく蹴り倒し、侵入者は再び闇に紛れた。

「散り散りになるな。固まれ！」

「死角を作るなよ！」

怒号を響かせ、忍たちは背あわせになって八方を警戒した。

「どこから来る……」

誰ともなく、じりりとつぶやく。塀が落とす影の際で、月光がかすかに揺れた。

——そこか！

男の一人は、傍らにいた小柄な仲間の首根っこを摑むと、塀の根元めがけて思いっきりぶん投げた。影が揺れ、侵入者は飛んできた小男をよけて真横に飛び退った。

突然飛び道具代わりにされた小柄な忍者は、しかしすぐに状況に順応し、塀を蹴って姿勢を変えると、侵入者に向かって飛びかかった。

胸元から出した風呂敷を目くらましに広げ、すかさず印を結ぶ。

小男の得意技は、風遁だった。中心を極端な低圧に保った旋風を飛ばし、気圧差を利用して敵の喉笛を搔っ切る。

小男が胸の前で構えた両手の間で、風遁の気流が乱回転を始める。しかし残念ながら、風よりも侵入者の方が速かった。侵入者の膝が股間にめり込んで、小男はたまらず悶絶し、その隙だらけのうなじに手刀を振り下ろされてくたりと静かになった。

小男が時間を稼いだ隙に、背後にいた槍使いの忍が印を結び終えた。構えた槍が、柄から切っ先まで青い炎に包まれる。

「火遁・炎槍――覚悟！」

吠えて、槍使いは侵入者に向かって突進した。二人の仲間が、左右から刀を構えて援護する。三人同時に三方から飛びかかれば、一人くらいは切っ先をかすめられるだろうという目論見だ。

気絶した小男を盾にして突進してくるかと予想していたのだが、侵入者はそうはしなかった。小男の身体は打ち捨てたまま、小さな白い玉を足元に投げつけたのだ。

破裂音とともに、あたりが煙に包まれる。

悪手だな。

槍使いの男は、にやりとほくそ笑んだ。苦し紛れに放ったのだろうが、好都合だ。この状況で煙玉を使えば、逃げ場をなくすのはむしろ向こうの方。

炎をまとった槍を横一文字に薙ぐ。裂けた煙の向こうで、仲間の身体がくずおれ、その背後で侵入者がゆらりと動いた。視線の動きで、燃える槍の温度と風圧を測っているのがわかった。

左側の男が、間髪入れずに斬りかかる。侵入者は、倒れる男の懐からすばやくクナイを抜いて受けたが、左の男は跳ねのけて袈裟に斬った。しかし、侵入者は獣のような身のこなしで上に逃げ、あろうことか、刀を握る男の手首の上にトンと立った。

「え……」

男の顔が、魂を抜かれたようになる。手首の重さを感じる間もなく、顔面にかかと蹴りを受けて昏倒した。これで一対一。立っているのは、槍使いの男だけだ。

煙が視界をふさぐ中、侵入者はすいと身を翻し、背後に視線を配った。

そこには、炎をまとった槍が、地面に刺さって燃えている。

「……っ!」

無表情だった侵入者の目が、初めて大きく見開かれた。

もらった!

槍使いは、侵入者の死角から、短槍を切り下ろした。侵入者が風圧に反応して振り返るが、ぎりぎり間に合わない。

侵入者は、左右から襲ってくる男たちを処理しながら、ずっと、炎をまとった槍の位置に注意を払っていた。だから、あえて捨てて、囮にしたのだ。この恐ろしく感度の鋭い侵入者から、ほんの一瞬、背後を取るために。

白刃が侵入者の喉元を突き抜け、鮮血が噴きあがった。

——勝った！

勝利を確信した次の瞬間、鳩尾にものすごい衝撃が走った。膝蹴りを食らわされたのだと気付いたときには、落ちていく血しぶきの中を、前のめりに倒れていた。さっき、確かにこの男の喉元を掻っ切ってやったと思ったのに、血潮をまいているのは、倒れた仲間の腿だ。

……幻術？

地面に膝をつき、煙の向こうに初めて侵入者の顔を見て、男は息をのんだ。

目が覚めるような銀髪と、猛禽類を思わせる鋭い目。顔を覆う口布は、すっと通った鼻筋や逆三角形の輪郭を嫌味のようにくっきりと際立たせている。そして——左眼を隠すように、斜めにつけた額当て。この顔を、男は何度も見たことがあった。五影会談の中継映像、六代目火影退任の新聞記事——

「お前……まさか……」

侵入者は、六代目火影。

一刻も早く、このことを仲間に知らせねばならないが、困ったことに、男の身体はピクリとも動きそうになかった。煙玉の甘い香りが、じんと身体の奥をしびれさせ、思考がみるみる遠のいていく。

男が意識を手放すと同時に、地面に突き刺した槍の炎が、ひゅんと立ち消えた。

これで、残りは十四人。

陽炎のように揺れる白煙の中から、銀髪を血に濡らした侵入者が、ぬらりと姿を現した。血刀をさげ、顔の片側に返り血を浴びている。その魑魅魍魎のごとき冴え冴えとした姿に、釘付けになっている男がいた。

間違いない。あいつは、六代目火影だ。はたけカカシ……まさか、こんなところで会えるとは。

茂った枝葉の中に身を潜め、男は唇を舐めた。胴が震えて止まらない。身体を流れる血が安い悪酒になったみたいだ。

男は、かつて、木ノ葉の忍だった。六代目火影に、免職にされるまでは。

火の国を追放され、抜け忍の集団を転々とした末に、とうとうこんな僻地の小国に雇われるまでに落ちぶれた。だけど、ようやく運が向いてきたようだ。

俺は今日、あの男を殺して、復讐を果たす。

男は、雷遁使いだった。昨日は宰相の前だったので雷切使いを装ったが、本来は、手裏剣にまとわせたチャクラを電流に性質変化させて、死角から相手を切（き）り刻（きざ）むのが得意技だ。

男は息をつめ、カカシに隙が生まれるのを待った。

十二人もの忍が、カカシを取り巻いている。ある者は佩刀（はいとう）を、ある者は手裏剣を構え、ある者は印を結ぶ隙を窺っている。またある者は、何を企（たくら）んでいるのか、鞘（さや）に入ったままの刀を逆手に握って鐺（こじり）をカカシに向けていた。

数秒、拮抗（きっこう）した。

最初に動いたのは、カカシだ。手裏剣を放つ間も与えず胸元に躍（おど）り込（こ）み、敵の顎（あご）に掌底（しょうてい）をぶち込む。十二人に囲まれた状況で、真っ先に動く度胸はさすがだ。間髪入れず飛んできた鞘を、まるで背中に目が付いているような動きでかわした。振り向きざまに、斬りかかってきた男の手首をひねりあげ、そして——いきなり、枝葉の中に隠れた男の方を振り返った。

確かに目が合った。

途端、身体の奥が、重石（おもし）を抱いたようにズンと縮こまった。

カカシはすぐに視線をそらし、流れるような動作で身体を沈み込ませて、背後から来た雷遁の攻撃をかわした。そして、また、こっちを見た。

なんて目だろう。

男は、震えそうになる手に力を込めた。

一体、どんなものをどれだけ見てきたら、あんな目ができる。眼光だけで、体中切り刻まれてしまいそうだ。

十二人いた忍は、あっという間に全員が地に伏した。

男は奇襲をあきらめ、隠れていた木から降りてカカシの前に姿をさらした。

カカシとの距離は、十数メートル。横跳(よこと)びに移動しながら間合いを詰め、八メートルまで近づく。カカシはすでに、その身に十数創は受けているものと思ったが、近くで見ればどうやら全て返り血のようだ。

「清(シン)ハクビか」

さらに間合いを取るか詰めるか迷っていた男は、名前を呼ばれて、弾かれたように顔を上げた。

天下の火影様が、特別上忍どまりだった男の顔なんかよく覚えていてくれたもんだ。こっちは、こいつの顔を思い出さない日はなかったが。

「ハクビ。お前がここにいるのは、偶然か?」

「どうだろうなぁ。火影様に復讐するために、紛れ込んだのかもしれ……」

ハクビは途中で言葉を切った。カカシがなぜか小さく笑ったからだ。軽蔑されたように感じて、ハクビはカッとなった。

「……この場で、亡き者にしてやる」

組んだ手のひらの間で、チャクラを練る。

戦いの様子を見ていて、わかったことがある。こいつは忍術を使わない。土流壁を維持し続けて、おそらくもうほとんどチャクラが残っていないのだろう。おおかたの忍たちは、土流壁は複数人によって維持されていると予想していたが、術の主が六代目火影だったとすれば話は別だ。

「フッ……」

笑いが込みあげてくる。チャクラが切れた火影とタイマンできるなんて、人生最大のラッキーだ。

ハクビの手の中で、八枚の手裏剣が電気を帯びてバチバチと爆ぜた。

「噂で聞いたぜ。あんた、もうとっくに写輪眼ないんだろ。なんでまだ片眼を隠してんだか知らねえが……持って生まれた平凡な眼で、俺の雷神手裏剣を見切れるといいなぁ？」

八枚の手裏剣を放つ。軽々と跳躍して攻撃を避けたカカシが着地した先に、さらに八つ。間髪入れず、もう八つを放った。剃刀のごとき電流が、手裏剣の刃と一体になり、全方位からカカシを狙う。

どの方向に逃げても、絶対に当たる。何撃かかすればそれでいいとハクビは思っていた。ハナから、一撃であのはたけカカシを倒せるなどとは思っていない。こっちはチャクラ満タンなのだ。手負いの獣を追いつめるように、小さなダメージをじりじりと積み重ねて嬲(なぶ)り殺してやる。

カカシはすっと身を翻し、目で追えないほどの反射神経で、流れるように攻撃をかわしていった。しかし、三つの手裏剣が、すでに死角に入っている。カカシの身体が切り刻まれる瞬間を、ハクビは瞬きもせずに待ち望む。

カカシが、左眼を隠す額当てを眉の上まで押し上げた。

「バカな……！」

男は息をのんだ。露(あら)わになった左眼が、赤色に昏(くら)く輝いている。虹彩(こうさい)に浮かぶ、禍々(まがまが)しい三(み)つ巴(どもえ)。確かに、カカシの左眼には、失ったはずのうちはの特異能力が宿っていたのだ。

キィン！

澄んだ音とともに、死角にいたはずの手裏剣が弾き飛ばされて、ハクビの肩を切った。おくれて肩に痛みが走るが、そんなことはどうでもいい。

――写輪眼のカカシは、健在だったのか？

バカな。そんなはずはない。カカシが写輪眼を失ったというのは、確かな筋からの情報だ。――しかし、カカシは現に俺の雷神手裏剣を見極めて弾いた。写輪眼でもなければ、そんな芸当ができるわけない！

完全に動揺し、反応のおくれたハクビの視界いっぱいに、カカシが飛び込んできた。掌底が脾腹（ひばら）にめり込んで、吐き気を感じる間もなく意識を失う。

「まさか木ノ葉出身の忍まで紛れてるとはね……」

左眼を額当ての下に隠し、倒れた男を見下ろして、カカシはげんなりとつぶやいた。

清ハクビ。かつて、木ノ葉隠れの里で特別上忍をしていた男だ。腕は悪くなかったが、任務のたびに民家を狙った略奪行為を繰り返していたことがわかって免職にした。

その処分は、どうやら正しかったようだ。武器を探して懐を漁（あさ）っていたら、王宮からくすねたらしい宝石や金細工がいくつか出てきた。銀の鎖を通した、大きな青い宝石も。

宝石を上着の内側にしまい込み、カカシは、砲兵陣地へと視線を投げた。点々と散列した篝（かがり）が、蛍火（ほたるび）のごとく輝いている。

すでに、四十九の白刃をくぐりぬけた。残るは一人。

抜け忍たちの間では、侵入者の報せがあった場合、各員が順次駆けつけるよう事前に取り決められている。

しかし、決められた掟に従わない忍が一人いた。

彼は、土流壁が解術されていることにいち早く気づき、薙苓の農民たちが砲兵陣地に向かっているに違いないと踏んでいた。

侵入者を相手にしたところで、手柄は大多数の中に埋もれてしまうだろう。それよりも、戦闘力の無い農民たちを相手にする方が楽だし目立てる。

男は、手柄を独り占めしたい一心で、旋風のように駆けていた。砲兵陣地の前線で、いくつもの人の気配が、藻屑のようにゆらゆら揺れている。気配を消すことを知らない農民どもが、愚かにも自分の位置を知らせながら、こすい企みを果たしているに違いない。

この状況なら、全員殺しても誰も文句は言わないだろう。農民風情が調子にのりやがって。皆殺しにしてやる。

小さく笑った瞬間、目の前の闇が裂けた。

血に濡れたクナイの穂先が、顔をかすめる。あやうく鼻をそぎ落とされそうだったところを、男は上体をそらして間一髪(かんいっぱつ)で避けた。侵入者か――どうやら先回りされていたらしい。距離を取ろうととっさに地面を蹴り、後ろに跳んだはずが、背中にドンと誰かがぶつかった。

さっきまで目の前にいたはずの侵入者が、もう自分の背後にいる。首筋に小さな衝撃が走り、とたんに睡魔が押し寄せてくる。

どんな速さだよ……。

地面に倒れる間際、男は、侵入者が低くつぶやくのを聞いた。

「これで五十人……」

■

ナナラたちは、いつ気付かれて大砲に狙い撃ちされるかとびくびくしながらも、なんとか砲兵の陣地の手前へと回り込んでいた。

見張りが持つ松明の明かりが、あちこちで等間隔に揺れている。土流壁が消えたことに気付かれたのか、砲兵たちが騒ぎ始めていた。

「ナナラ、気を付けろよ」

「みんなも！」

　ごく小声で別れを交わし、ナナラはさらに迂回して、後方へと回った。

　一方、村人たちは前線にとどまって、並んだ大砲の燐焔を水で湿らせていく算段だ。

　マーゴは息をひそめ、闇夜の中、ほとんど手探りで大砲の尾栓を外した。火皿に水嚢の水をぶちまけ、指を突っ込んで燐焔が濡れていることを確認してから、隣の大砲へと走る。

　少しでも早く、一つでも多くの火皿を濡らさなくては、見張りに見つかるのは時間の問題だ。思っている矢先、

「あ！　お前、何してる！」

　早速、見張りの男に見つかった。外した尾栓が手から滑り落ちて、カランと音をたてる。

　見張りの男は、丸腰だった。砲兵はあくまで大砲を使った狙撃要員として徴収されていて、個別の武装は与えられていないらしい。

「聞いて！　私たちに協力してほしいの」

　マーゴはイチかバチか、見張りの男に切りだした。

「あなたたち、首都で無理やり宰相に徴兵されて、ここまで大砲を運ばされてきたんでしょう？　あんな横暴なやつにいつまでも従う道理はないわ。私たちと一緒に戦って」

早口にまくしたてたマーゴの顔を、男はじっと見つめた。

「勝算はあるのか?」

「見たでしょ、あの巨大な土の壁。こっちには、すごい忍者がついてるの」

「そうか。話を聞く価値はありそうだな……」

表情をゆるめた男が、マーゴの方へと歩み寄る。

よかった……味方になってくれるかも。

ほっとした瞬間、マーゴは顔面に衝撃を受け、のけぞって倒れた。輪郭(りんかく)いっぱいに痛みが広がり、顔を殴られたのだと気付いて上半身を起こす。かぶった鍋の陰から、無表情にこちらを見下ろす男と目が合った。

「なんで……」

「悪いが、お前たちに寝返ることはできない」

そう言うと、男が松明の炎を使って、大砲の導火線に着火した。

「首都にいる家族を人質に取られてる。宰相に歯向かったら、殺されるんだ」

マーゴの背後で轟音が響き、薙苓(ナガレ)村に向かって砲弾が放たれた。

ドン！

砲弾の音が鼓膜をつんざき、ナナラは一瞬、びくりと身体を震わせた。

大砲が発射された――ということは、砲兵軍の説得は上手くいっていないようだ。

「早く……姉上を見つけなきゃ」

駐屯地の後方は、ひっそりと静まり返っていた。ひとけはなく、備品や食糧が保管されているばかりだ。マナリがいるのは、前線から離れた安全な後方に違いないと踏んで探しているのだが、なかなか見つからない。

片っ端からテントの中を確認して走りまわるうちに、気が付いたら砲弾の音がずいぶん近くなっていた。東側の最前線近くまでたどり着いていたようだ。

ドン！

西側で、大砲が橙色の火を噴いた。争うような人々の声が遠く聞こえてくる。かなり混乱してきているようだ。

「ナナラ！」

スムレと村の大人たちが、ナナラに気付いて駆け寄ってきた。

「よかった、みんな無事だな」

「今のとこはな。それより、女王は見つかったか？」

「いや、まだだ。姉上も宰相も、どこにも……」

言いかけたナナラの身体を、後ろから伸びてきた腕が摑んだ。

「王子の命が惜しければ、動くな！」

声を聞いて、ナナラははっとした。

聞き覚えがある。首都の南地区で、ヤモリを焼いて食っていた男だ。彼も、徴兵されたのか。

身体をよじったが、ナナラを押さえつける腕はびくともしなかった。痩せさらばえた腕のどこにこんな力がと思うほどだ。男はナナラの喉元に、ナイフの刃を押し当てた。

「いいか、お前ら。こいつの命が惜しければ、十秒以内に武器と水嚢を捨てろ。一、二」

三を数える前に、からんと音がした。

「スムレ、ふざけんなよ！　拾え！」

ナナラは怒り心頭で、鍬を投げ捨てたスムレに向かって叫んだ。「王には代わりがいる。でも今、宰相を止めなければ、この国は駄目になるんだぞ！」

「黙ってろ」

男は、低い声で言って、ナイフを握る手に力を入れた。ナナラの首の皮が薄く切れて、ピリッとした痛みとともに血がにじむ。

スムレが投げた鍬の上に、別の鍬が落ちてきた。鎌や鉄棒が、続けざまにばらばらと重なる。

みんな、なんで……。

ナナラは言葉を失って、唇を噛んだ。

「全員武器を捨てたな。じゃあ次は、二人一組になってお互いの手首をロープで縛れ」

男が、腰に提げていたロープの束を投げる。

そのとき、茶色い塊が降ってきて、男の顔面に体当たりした。

レーだ。

鉤爪でナイフを弾き飛ばすと、レーは男の顔や頭に向かって嘴を何度も突き下ろした。

「わっ、なんだコイツっ……！」

男が身をよじった隙をついて、ナナラは男の腕からすり抜けた。すかさず、村人たちが男にむらがって、ロープで縛りあげる。

「レー！　ありがとう！」

ナナラは空に向かって声を張りあげた。レーが、答えるように高く飛び上がり、ぐるぐると空を旋回する。

レーの動きを追ったナナラの視線が、ある一点に吸い寄せられた。

北東の崖の上で、深紅の法衣が翻っている。

宰相だ。目をこらせば、隣にはマナリの姿もある。

「あんなところにいたのか……」

崖の上に行くには、駐屯地からかなり北上して、峠の道をぐるりと迂回する必要がある。

馬があったとしても、ここから三十分はかかる距離だ。

でも――直線距離なら、ざっと三百メートルくらい。

迷っているヒマはない。

ナナラは崖を上り始めた。

chapter 5 五章

水銛（シュイグ）を握る手が、冷たく汗ばんでかたかた震える。

マナリは、岩肌（いわはだ）がむき出しになった断崖（だんがい）に立ち、戦場を見下ろして震えていた。

眼下では、烈陀国（レダクこく）の国民同士が戦っている。

朝日が射（さ）し始（はじ）め、砲煙に覆（おお）われた陣地の様子（ようす）がよく見えるようになった。あちこちで、人々が揉（も）み合（あ）うようにして戦っている光景。

乱戦の隙（すき）をついた砲兵が、またひとつ、薙苓（ナガレ）に向かって弾を撃った。

砲弾が村の家屋をかすめて炸裂した。爆風を受け、直接砲弾を受けていない周辺の家屋まで、ばらばらと煉瓦（れんが）が崩れて倒壊していく。

あの家ひとつひとつに、人が住んでいる。弟も。

全（すべ）て、自分が招いたことだ。

「早めに避難しておいて正解でしたな」

乗ってきた馬を岩場につなぐと、宰相（さいしょう）は楽しげに崖の下をのぞき込んだ。

正解？　この状況が？

宰相の考え方には、とっくについていけなくなっていた。それなのに、いつも反論できないまま、ずるずるとこんなところにまで来てしまった。

脳裏をよぎるのは、王位に就くことが決まった日。宰相からこの法具を手渡された日のこと。これからは自分が、父のようにこの国を守っていくのだと思うと、誇らしかった。

まずは、草木を潤す程度の小雨を降らそう。

そう思って振り上げた水鈷は、マナリの意思をまるきり無視して暴走し、鉄砲水を呼んだ。収穫間近だった麦畑は土壌もろとも押し流され、濁流はあわや首都をも飲み込む寸前でようやく止まった。死者こそ出なかったが、巻き込まれた家畜がたくさん死んで、首都の食糧自給に大打撃を与えた。

水鈷は、自分を王とは認めなかった。だから扱えなかったのだと思う。

そもそも、私なんかが王になったのが、一番の間違いだったのに——遅すぎる後悔を抱え、マナリは唇を噛んだ。

雨を降らせる術を失った烈陀国は、たちまち水不足に陥った。官僚の中には、水鈷を扱えるように訓練してみたらどうかと提案する者もいたが、マナリは拒絶した。もしもまた暴走させて、国を破壊してしまったらと思うと、どうしても勇気が出なかったのだ。

かといって、水不足を解決する策はない。

「無理して扱おうとする必要はありません」

唯一、宰相だけがそう言ってくれた。

楽な言葉をかけてくれたのが嬉しくて、宰相を信用した。目の前の現実から目をそらしたくて、彼の提案に唯々諾々と従い続けた。

その結果がこれだ。

宰相の計画は上手くいかず、こうして国の内乱を招いている。

「女王。水鈷を使う用意を」

宰相に言われ、マナリはのろのろと顔を上げた。

「……でも、私にこれは扱えない」

「使いこなす必要はありません」

宰相が老獪に笑う。「もう一度力を暴走させて、この村を丸ごと流してしまいましょう。王に足並みを揃えない村など、無い方がいい」

言っている意味がわからず、マナリは宰相の顔を見つめた。

「いくらなんでも、そんなこと……」

「できないと？」

鵜の目のような鋭い眼光を向けられて、身体がすくむ。

マナリは、おずおずと、水鈷(シュイグ)を胸の前に掲げた。

しかし——すぐに腕を下ろす。

「……できません」

震える声でそうつぶやいたのが、精一杯の抵抗だ。

宰相は舌打ちまじりに、水鈷(シュイグ)を引ったくった。

「返して！」

取り返そうと腕を伸ばしたマナリをかわし、宰相が水鈷(シュイグ)を振る。すると、巨大な水の塊(かたまり)が飛び出して、マナリの顔面を直撃した。

勢いあまって後ろに跳(は)ね飛(と)ばされ、マナリはびしょ濡(ぬ)れになって尻もちをついた。間髪(かんはつ)入れず、ばしゃっ、と水の塊が頭上から降ってきた。

「なんで……」

宰相は、明らかに水鈷(シュイグ)を操(あやつ)っている。マナリより、よほど巧(たく)みに。

「どうして……あなたが、水鈷(シュイグ)を使えるの？」

「さあ、なんででしょうね」

宰相が、水鈷(シュイグ)の先を薙苓(ナガレ)の方へ向ける。そして、崖を這(は)い上(のぼ)ってくる人影に気が付いて、ふいに笑った。

「おや。弟君が、健気に崖を這い上っていますよ」

「ナナラが？」

宰相が、水鈷を高く掲げた。

先端についた円環を中心にして、水流が渦を巻き始める。磁石に砂鉄が集まるように、水はどんどん質量を増して巨大になっていった。

「やめて！」

マナリは宰相のもとに走ろうとして、濡れた岩場に足を滑らせて倒れ込んだ。

宰相が、水鈷を振りかぶる。

水流は、海蛇のように鎌首をもたげ、崖の下に向かって勢いよく落下していった。


ナナラは、必死に崖を這い上っていた。

崖を構成する角閃石は、縦に割れやすい。道に敷いたり石材にするには便利なこの特性が、今は大きな障害になっていた。

「わッ！」

足場にした岩が欠けて、あやうく足を滑らせそうになる。

落ちていく石を目で追いかけ、ゴクリと固唾(かたず)をのんだ。ずいぶん上ったつもりだが、マナリと宰相がいるのはまだまだ先だ。

「急がないと……」

ナナラをせっつくように、地上では砲音が引っきりなしに響いている。

とっくに擦(す)り傷だらけになった手のひらを、ナナラは頭上の岩場に伸ばした。ずきんと指に痛みが走るが、歯を食いしばって耐え、腕を折り曲げて身体を持ち上げる。

そのとき、崖全体が小さく振動した。

「ん？」

見上げると、崖の縁(ふち)で、巨大な水の塊が渦巻いている。水は見る間に厚みを増し、奔(ほん)流(りゅう)となって、すさまじい勢いでナナラの方へ落下してきた。

「なっ……！」

崖にしがみついているナナラに、逃げ場などない。ナナラは咄嗟(とっさ)にぎゅっと身を丸め、歯を食いしばった。

今にも水に飲み込まれるかと覚悟した瞬間——頭上を、熱風が駆け抜けた。

「え？」

巨大な炎の鳥だ。

燃えさかる翼を広げて、迫りくる水流の中央へと突っ込んでいく。

両者ぶつかりあい、火炎のすさまじい熱量が、水流を一気に飲み込んだ。

大量の水の塊が、瞬時に蒸発し、霧となって拡散していく。

この技を、ナナラは知っている。スムレと、原っぱで何度も何度も真似して遊んだ技だ。雷切が雷を切るほどの威力なら、この炎の鳥は、水を霧に変えるほどの力を持つ。それに因んでついた名は――火遁・水霧。六代目火影の数多ある術のひとつで、ナナラが一番お気に入りの技だ。

「怪我はないですね」

すぐそばで、聞きなれた優しい低音がした。

はっと横を向けば、カカシが、猫のひたいほどの足場に余裕で片足をかけて立っている。

「今の……カカシがやったのか？　なんで、六代目火影の技を……」

「説明はあとで」

カカシはナナラを脇に抱えると、岩から岩へ軽々と飛びうつり、最後には嫌味のように高く飛び上がって、マナリと宰相の目の前に着地した。

宰相は驚きもせず、嬉しそうに目を細めた。

「これはこれは、家庭教師殿。その額当てをつけているということは……やはり、忍でしたか」

言われて初めて、ナナラは、カカシの左目を隠す額当てに気が付いた。帯状の布地に板を打ち合わせて作られており、板の中央には、表面を削り取った痕(あと)がある。

なんで……わざわざ左目だけ隠してるんだろう？

不思議がるナナラを抱え、カカシはタンと横に飛んで宰相から距離を取った。

「ふん。逃げる気か？」

老齢にそぐわぬ機敏さで反応した宰相が、すかさず水鈷(シュイグ)を振るう。迸(ほとばし)った水柱(みずばしら)が、カカシへと向かっていく。

カカシはナナラを地面に下ろし、印(いん)を結んだ。巨大な火炎がカカシの頭上で燃え上がり、その中から、一羽の炎の鳥——水霧が飛び出した。

水霧は、カカシを守るように立ちはだかり、水柱を正面から受け止めた。燃えさかる翼で水柱全体を抱きつぶし、あっという間に飲み込んで、蒸発させていく。

「すさまじいな……」

飛散していく水蒸気を見つめ、宰相はうっとりとつぶやいた。五遁(ごとん)の相性では火は水に弱いはずが、カカシの水霧は、相性の不利を覆(くつがえ)すほどのパワーを持って水鈷(シュイグ)に対抗してみせる。水鈷(シュイグ)の力の源(みなもと)は、あの六道仙人(りくどうせんにん)のチャクラだというのに。

「土流壁(どりゅうへき)の術者は貴方(あなた)ですね、家庭教師殿。しかし、あれほどのものを丸一日以上維持したあとでは、チャクラはろくに残っていないのでは？」

「それはお前の願望だ。それより、こちらからも聞きたいことがある」

宰相に鋭い眼光を向け、カカシが怒気を隠しもせず聞いた。「王族ではないお前が、なぜ水鈷(シュイグ)を使える？」

宰相は、水鈷(シュイグ)を構えたまま、沈黙した。

カカシは、ちらりと空に目をやると、宰相に視線を戻して再(ふたた)び聞いた。

「宰相、お前は……マナリ女王より先に、水鈷(シュイグ)と契約を結んだな？」

「契約？　どういうことだ？」

カカシの背後から、ナナラが口を挟む。

「たいてい、チャクラを秘めた法具を使うには、術者との契約が必要なんです。おそらく宰相は、先王の死後、こっそりと女王よりも先に水鈷(シュイグ)と契約を結んだ」

そう言うと、カカシは、地面にへたり込んで二人の戦いを見つめていたマナリの方へ視線を向けた。「あなたが水鈷(シュイグ)を扱えないのは、あなたのせいじゃない。単に契約を結んでいないだけだ」

おびえきっていたマナリの表情が、ゆっくりとカカシの言葉を飲み込んで、呆(ほう)けていく。

「はたけカカシ。お前の言う通りだ」

追い打ちをかけるように、宰相が笑った声で言った。「私は、マナリ様より先に、水鈷（シュイグ）と契約を結んだ。……王族ではない私が、水鈷（シュイグ）を扱える。この事実こそ、王が飾りに過ぎない証拠ではないか」

「だから、自分が成り代わると？」

「そうだ!!」

絶叫して、宰相は長い袖（そで）を翻（ひるがえ）した。掲げた水鈷（シュイグ）の円環は、マナリの方へと向いている。

「姉上！　逃げろ！」

ナナラが叫び終えたときには、カカシはすでに印を結び終えていた。

水鈷（シュイグ）の円環が光を放ち、先ほどの数倍はあろうかという大きさの水の渦が、逆巻いてマナリへと向かっていく。

同時に、カカシの手のひらの上で、ちりりと熾火（おきび）が跳んだ。見る間に巨大な鳥の形を成し、閃光（せんこう）のごとき速さで水の渦の前に躍（おど）り出る。

水の渦が、炎の鳥を直撃した。

水霧は鳥の形を崩してひとかたまりの火炎へと戻り、一方、水の渦は衝突の衝撃でカーテンのように翻った。

水霧が消える――かに思われたが、空を舐めるように伸び上がった火炎は、水の奔流を飲み込んだ。ジュウゥ……と音をたて、両者相殺し、水蒸気だけが空へと昇っていく。

「あなたほどの忍が、なぜ無能の子供をあえて守るのか理解できぬ」

「長年仕えた王家に対して、ひどい物言いだな」

「私が仕えたのは、先王だ！」

宰相は、堰を切ったように老いた嗄れ声を響かせた。「先王に忠誠を誓って、三十年以上も仕えた。家族も持たず公務に励み、身を削って国に尽くした。それなのに、次の王になるのは、私ではなくお前たちだ。理不尽ではないか！」

ひといきに言うと、怒りに燃えた目つきで、マナリを、そしてナナラを、順番ににらみつける。

「血筋がそんなに大事か。努力よりも。経験よりも！」

「大事じゃない」

絞り出すように答えたのは、ナナラだった。「そんなことはわかってる。王族の肩書などまやかしだ。私たちは、ただの人だ。……でも、カカシに会って、変わったんだ。まやかしだからこそ、行いで評価される人間になりたいと……思えるようになった。父から受け継いだ血筋を、誇れるように」

「そう思うのなら、国のためにここで死んでいただく」

宰相が掲げた水鈷の先で、水流が渦巻く。

「慣れてきたようだ。こんなこともできる」

ほくそ笑んで、宰相は水鈷の円環を横に滑らせた。水流の輪郭がくにゃりと曲がり、水でできた巨大な鳥へと姿を変える。

応えるように、カカシの頭上で炎が噴き、燃えさかる水霧が姿を現した。

炎の鳥VS水の鳥――機先を制したのは、水の鳥だった。長い首を伸ばしたかと思うと、咆哮をあげ、水柱を吐いた。受けて、炎の鳥が火柱を吐く。

水と炎とが激しくぶつかりあう。

すさまじい衝撃波が巻き起こり、両者は一瞬、時が止まったかのように拮抗した。

しかし、次の瞬間――火が水を押し返した。火炎は水柱を飲み込み、そしてそのまま、水の鳥の身体を貫いた。水の鳥は、火傷しそうなほどの水蒸気を放出しながら、断末魔の咆哮をあげて消えていく。

四発目――今の水霧で、カカシはチャクラのほとんどを使い果たしていたが、そのことを感じさせない余裕の表情で「なあ」と宰相に語りかけた。

「ここでオレを倒して、火の国に侵攻したところで、お前が集めた忍集団では到底火の国には勝てないよ。それくらい、お前だってわかってるだろ?」

フン、と宰相が鼻を鳴らす。

「天文学研究所から、増援が来ると言っただろう。大砲も忍軍も、初めからあてにしてはおらぬ。それに、私には水鈷(シュイグ)がある。全ての忍の祖である六道仙人のチャクラを、自在に使えるこの法具さえあれば——」

「その法具は、人を殺すための武器じゃない!」

ナナラが、怒りに震えて叫んだ。「それは……国に水をもたらすためのものだ。首都で餓死(がし)者が出たのはお前のせいじゃないか。姉上から水鈷(シュイグ)を奪って、国をめちゃくちゃにした!」

ドン、と崖の下で大砲の音がした。こうしている今も、薙苓(ナガレ)は攻撃を受けている。マーゴ、スムレ——村の人たちの顔が順番に浮かび、ナナラは顔を歪(ゆが)めた。

「大義の前には、ささいな犠牲だろう」

なぜわからないのだと苛立(いらだ)たしげに、宰相が吐き捨てた。「この国が貧しいのは、土地のせいだ。他国とろくに交易(こうえき)もできず、荒れ地でとれる限られた収穫物にあまんじ、内に閉じてコソコソ暮らしている。だから、いつまで経っても発展しない。私は、この烈陀(レダク)国を、火の国のようにしたいのだ! 雨が降らないだけで人が死ぬような後進の国を、高い技術で自然を支配する先進国へと生まれ変わらせる。そのためには……新しい、豊かな土地が必要だ」

宰相はナナラからカカシへと視線を移した。「火の国の忍よ。自分は豊かな場所で生まれ育っておきながら、私たちには田舎(いなか)での貧しい暮らしを強(し)いるのか？」

短い間があった。

カカシの視線は宰相を素通りして、その背後に広がる空へと向いている。

「宰相。外国にあこがれるのは結構だが、幻想を抱(いだ)きすぎだ。火の国だって、昔から豊かだったわけじゃないよ。停滞(ていたい)し、荒れ果てて、目的のない戦争を続けた時期があった」

カカシは右手のグローブを外して投げ捨てた。

「戦争を経験して豊かになった国と、戦争を避けて静かに暮らしてきた国。どちらが優れているのか、オレにはわからない。でも少なくとも、先王の時代までこの国は平和だったはずだ。そして――お前は今、オレの祖国に攻め込もうとしている。木ノ葉(こ は)の忍として、見過ごすわけにはいかない」

「わかりあえないな」

宰相は水鈷(シュイグ)の柄(つか)を撫(な)で、うすら笑った。

「あなたほどの使い手……ぜひ仲間にしたかったのに、残念だ。だが、無為な議論はここまでにしよう」

「あぁ、同感だ。老人の長話ほど退屈なものはないからな」

この期に及んで軽口を叩くカカシを、宰相がひとにらみする。

しかし、カカシが左眼を隠していた額当てをゆっくりと外すと、表情を凍りつかせた。

「その眼……」

あらわになったカカシの左眼は、赤みを帯びてうっすらと光り、瞳の中には巴模様が宿っている。

忍について多少の知識がある者なら、誰でも聞いたことがあるだろう。あらゆる国に轟く「写輪眼のカカシ」の勇名を。

ふ、と宰相は唇の端を歪めて笑った。

「そうか……お前は、あの、写輪眼のカカシだったのか」

口調には余裕があったが、水鈷を握る老いた手は、かすかに震えていた。目の前にいるのが、噂に名高い伝説の忍だと知って、さすがに恐怖を感じているようだ。

「十数年前の忍界大戦で、はたけカカシは写輪眼を失ったと聞いていた。……ガセだったか」

「あぁ。残念だが、見ての通り。オレの写輪眼はいまだ健在だ」

「フン。お前がどれほどの能力を持っていようが、六道仙人の力には遠く及ぶまい」

気を吐く宰相をさげすんで、カカシは「哀れなものだな」と肩をすくめた。

宰相が、ピクリと動きを止め、顔を歪めてカカシをにらみつける。

「……何だと？」

「お前はたまたま手に入れた道具の力を、自分自身の強さだと誤解している。だが、その勘違いも長くは続くまい」

カカシはまた、ちらりと空を見上げた。水霧と水銛（シュイグ）が激突して生まれた水蒸気の霧は、下からの風に飛ばされて、すでに上空へと流されている。

「もはや霧は晴れた……――お前の『未来』は死だ」

「クソガキが……調子に、乗るなァッ!!」

宰相が、握りしめた水銛（シュイグ）を頭上に振りかざした。

次の瞬間――

すさまじい迅雷（じんらい）が轟き、落雷が、宰相の身体を突き抜けた。

あたり一帯が真っ白に照らされ、光と影だけになり、数度またたいて元へと戻る。

がっくりと膝（ひざ）をついた宰相の足元で、岩場は大きく裂け、深い亀裂が十字を切っていた。

「何が……起きたんだ……」

轟音と衝撃で、目も耳もくらくらする。ナナラは、その場にへたり込んだまま、呆然と空を見上げた。

東の空は雲ひとつない朝焼けだというのに、ナナラたちの頭上には、灰色の雲がかかっている。

カカシと宰相の戦いで生まれた大量の水蒸気は、水霧の熱風による上昇気流であっという間に積乱雲になり、周囲の冷たい空気との間で摩擦を起こして雷雲へと発達した。そんな状況下で宰相が振り上げた法具は、避雷針となって雷を呼び寄せたのだ。

落雷は十億ボルトの天誅となり、宰相の身体を突き抜けた。

――ポン！

カカシは、落雷の衝撃で舞い上がった砂塵に紛れて、変化の術を解いた。

その外見に変化はない。ただ一か所、瞳に浮かんだ写輪眼の巴が消えている以外には。

変化の術で、写輪眼を持っているかのように外見を変える――小手先の技だが、『写輪眼のカカシ』の名が知られているおかげで、無用な戦いを避けるにはなかなか有効なハッタリだ。幻覚作用のある煙玉と併用することで、多くの忍が勝手に勘違いしてくれた。写輪眼のカカシは、いまだ健在だと。

いつの間にか、崖下の砲弾の音が止んでいた。宰相は、裂けた岩場の十字に折り重なるようにして、倒れている。駆け寄って抱き起こし服を裂くと、平たい胸にくっきりと雷紋（らいもん）が浮かんでいた。

「カカシ！　今の雷は……」

「説明はあとで」

駆け寄ってきたナナラを早口に制し、カカシは宰相の胸に耳を押し当てた。脈が止まっているのを確認すると、グローブを外した右手を下にして、胸の中央を押し始める。

心臓マッサージだとおくれて気が付いて、ナナラは宰相の頭の側にまわり、気道を確保した。カカシが胸を押すのをやめたタイミングで、唇をつけてふーっと息を吹き込む。

しかし、しばらく続けても反応がない。

これはもうだめなのではないかとナナラが思い始めたころ、宰相が血唾（ちつば）を吐いた。

「よかった……蘇生（そせい）した……」

呼吸が戻ったことを確認したら一気に気が抜けて、ナナラはどっとその場に倒れ込んだ。

急に手足が重たくなった気がする。

ここ数日で、色々なことがたくさん起こって、なんだかすごく疲れた。

カカシは、やっぱりすごいやつだ。どんな局面でも常に冷静で、いつもナナラのことを導いてくれた。こんな頼もしいやつ、きっとほかにはどこにもいないだろう。

大の字になって空を見つめるナナラの耳に、カカシがかすれた声でつぶやくのが届いた。

「……あー、よかった……」

ナナラは横になったまま目を丸くした。

思わず出たひとりごとだったのだろうが、聞こえてしまった。

「よかった」のは、宰相を蘇生できたことか。戦いに勝てたことか。それとも、水銛(シュイグ)を取り返せたことか。いずれにしても、カカシはギリギリだったのだ。

ナナラはゆっくりと身体を起こし、汗に濡れたカカシの横顔を見つめた。口布のせいでわかりづらいが、よく見ればひどい顔色をしている。

カカシがいつも余裕ぶっているのは、ハッタリだ。

平気なふりをしているだけ。本当は、辛(つら)いのに。

ナナラは、そばに寄ってカカシの肩を支えようか迷い、やめた。

この人は、今までずっと、そうやって生きてきたんだろう。感情を隠して、自分を削りながら、平気な顔をして戦ってきたんだろう。いつも、誰かを守るために。

願わくば、この人がずっと、一人きりで生きてきたんじゃないといいなと思う。ナナラは知らないけど、きっとすごくいい仲間に恵まれていて、支えてくれる人がいたから頑張ってこれた——そうあってほしい。

そうじゃないのなら、辛すぎるから。


落雷を受けても、水銛(シュイグ)には傷一つついていなかった。カカシが調べると、先端の円環が外れるようになっていて、柄の内側から小さな巻物が出てきた。

「カカシ、これ……」

「水銛(シュイグ)の契約書でしょう」

執務室をいくら探しても、見つからなかったわけだ。

カカシは巻物を広げた。口寄せ(くちよ)の契約と同じように、歴代の王の名前と指紋が、血文字で残されている。一番左にあるのは、宰相の名だ。

「ナナラ。あなたが契約して」

マナリがきっぱりと言った。「私は、宰相の言いなりになって、国を乱した。宰相とともに罰を受けるべきだわ」

ナナラは、今はカカシの手の中にある水銛(シュイグ)を見つめて、押し黙った。王になると腹をくくっていたつもりでも、姉を前にすると、決意が揺らぐ。

「大丈夫。あなたならきっと、立派な指導者になれるわ。六代目火影みたいに」

最後のひとことが、ナナラの背中を押した。ナナラはきゅっと表情を引き締めて、カカシを見上げた。

「契約したい。カカシ、どうすればいいんだ」

カカシは、ナナラの指の先をクナイで切ってやり、署名をさせた。少し前まで書けなかった自分の名前を書き入れ、その下に血判を押すと、ナナラは落ち着かなげに顔を上げた。

「できたぞ。……次は、どうするんだ？」

「終わりだよ。これでもう、お前は水鈷(シュイグ)が使えるようになってるはずだ」

ナナラは半信半疑の顔で、水鈷(シュイグ)を握った。

初めて触れるのに、なんだかしっくりと手になじむ。

この法具は、ナナラにとって、三人の父親からの贈り物だ。一人は、この乾いた土地に水をもたらし、先祖の建国を支えた六道仙人。二人目は、賢帝(けんてい)として国を治め、代々の法具をナナラの世代へと受け継いでくれた実の父。そして、三人目はもちろん――

「使えそう？」

マナリが、不安げにナナラの顔をのぞき込む。

ナナラは力強くうなずいた。

「大丈夫だ。わかる」

崖の縁に立ち、ナナラは水鈷（シュイグ）を高く掲げた。

円環から垂れた飾りが、澄んだ音をたてて揺れ始めた。水鈷（シュイグ）から、目に見えない力のようなものがあふれていくのを感じる。これが、チャクラだろうか。ずっと昔、六道仙人が、この国の繁栄を願って残してくれた特別な力。

チャクラは、落葉が水面に作る波紋のようにゆっくりと、大きく広がっていく。

やがて、ナナラの頬（ほお）を、ぽつりと雫（しずく）が打った。

「雨……」

マナリが、手のひらを上に向けてつぶやく。

待ち望んだ雨が、やわらかく、地面を濡らし始めた。


乾いた土地に、水が染（し）みていく。

カカシは雨に濡れながら、水鈷（シュイグ）を掲げたナナラの姿を見つめた。彼はこれから、若い王として、この国を導いていくのだろう。指導者として人の前を歩くのがいかに大変な仕事か、カカシは身に染みて知っている。楽な道のりではないだろうが、でもきっと、ナナラなら乗り越えていけるだろう。

ときどき、火影として自分がしてきたことは正しかったのだろうかと、自信がなくなることがある。

急激な発展は、大いなる痛みを伴う。カカシが社会を変えたことにより、新しく生まれたものがある一方で、たくさんのものが消えていった。大多数の利益を取るために、ときに少数を切り捨てたこともあった。

いつかオビトと再会したとき――果たして自分は、自信を持って胸を張れるだろうか。六代目火影として、立派に責任を果たしたと。

カカシの迷いに躊躇なく答えたのは、文字も読めない無学な少年だった。

――六代目火影は最強の忍で、しかも、最高の指導者なんだぞ！

顔を口布で隠していてよかった、と、あのときばかりは心から思った。

初対面の子供のひとことで、まさかあんなに頬が熱くなるなんて。

■

宰相は、一度首都へと戻され、この国の法の下で裁かれることになった。抜け忍たちも、それぞれの里に戻されるだろう。

ナナラが降らせた雨は、全ての大砲の燐焔(りんえん)をしけらせて、使い物にならなくしてしまった。戦いが終わり、人々はようやく、敵も味方もなしに雨の恵みを喜び合った。

村の建物は壊れたが、避難していた人たちは、全員無事だ。大砲陣地で起きた競り合いも、怪我人こそ多数だったが、死者は出なかった。

「どっちもまともな武器を持ってなかったからなあ。村はカラだったし」

大人(おとな)たちはそう言って苦笑(にがわら)いしたが、死者が出なかったことは、誰もが心の中では戦争など望んでいなかったことの何よりの証明だ。首都で徴兵された砲兵の面々も、倒れたり怪我をして動けなくなった相手をそれ以上攻撃することはしなかった。

雨があがるのを待って、ナナラは広場にみんなを集め、姉の退位を告(つ)げた。

「ってことは、ナナラが王になるのね？」

「まぁ……そういうことに、なるな……」

マーゴに聞かれ、照れくさそうに答えたナナラを、村の大人たちがニヤニヤして取(と)り囲(かこ)んだ。

「ナナラ〜、なんかひとこと言えよ。王に就任したら、みんなの前でスピーチするもんだろ」

「そういうのは、首都で正式に戴冠式(たいかんしき)を行ってから……」

「今、練習しとけって」

恥ずかしいからやだ、と逃げようとしたが、大人たちに無理やり捕まえられてしまう。

「王様になるのに、私たち相手に照れてる場合じゃないでしょ」

マーゴに言われ、それもそうだと思い直して、ナナラは抵抗をやめた。積み藁の上にのぼり、上着のポケットに手を突っ込んだまま背筋を伸ばすと、

「おい、行儀悪いぞー！　王様がポケットに手ぇ入れるなよ！」

いきなりスムレに野次を飛ばされ、出鼻をくじかれた。

「うるさい！　これでいいんだ！」

崖を上るのに擦り傷だらけになった手のひらは、みんなに見せるわけにはいかない。痛いのを我慢して、人の先を歩くのが指導者の役目だということを、ナナラはカカシの背中に教えられたのだ。

ナナラは積み藁の上からみんなを見下ろし、ひとりひとりの顔を見つめながら語り始めた。王として、これからやりたいこと。やらなきゃいけないこと。自分はまだまだ未熟で、知らないことだらけだから、みんなにも助けてほしいこと。

難しいことを説明するのはあんまり得意じゃないから、気持ちはあっても、言葉に詰まってしまう。あせりそうになったとき、一番後ろに立ったカカシの姿を見ると、ほっと安

心できた。

カカシには、聞きたいことがたくさんある。この間からずっと、「説明はあとで」ってそればっかりで、家庭教師のくせになんにも教えてくれなかった。このスピーチが終わったら、問い詰めなきゃ！

一番に聞きたいのは――結局お前は、何者なんだってこと。それは、まあ、薄々感づいてるけど、でも、本人の口から認めさせたい。それから、なんで今まで黙ってたんだって怒って、助けてくれてありがとうってお礼も言って……。

目が合ったカカシが、目元にしわを寄せて微笑(ほほえ)んだ。

ナナラも、スピーチの途中なのに、思わずにやっと笑ってしまう。

それが、ナナラがカカシを見た最後になった。

演説を終えて、ナナラはあちこち走りまわって探したのだけれど、カカシはもう、村のどこにもいなかった。ナナラの上着のポケットにいつの間にか入っていた、父の形見の青い宝石だけを残して。

epilogue

終章

はたけカカシが烈陀国から姿を消して、半年。

新王ナナラは、王位に就いてから初めての冬を迎えていた。もうすぐ山脈は雪に閉ざされて、春が来るまで近隣の村同士とすら行き来できなくなる。

今年の秋は、いつになく豊作だった。王の降らせる雨が、川を潤して畑に水を運んだおかげで、麦がたっぷり実った。どの村も、ひと冬を越えるに余りある食糧や飼料を蓄えることができたはずだ。

「ナナラ、木ノ葉隠れの里からお手紙よ」

マナリが、レーを連れて執務室に入ってきた。

王位を自ら退いたマナリは、宰相と同様に処罰を受けることを望んでいたが、官僚たちの強い要望を受けて内政の補佐に就くことになった。ナナラの苦手なデスクワークを引き受けて、国の復興と立て直しに尽力するナナラを支えてくれた。

レーは、マナリの腕からすっと飛び立って、ナナラの机に作りつけられた止まり木にとまった。火の国まで往復した長旅をねぎらえと言わんばかりに、ぐるぐると喉を鳴らす。

その爪には、小さな小包がくくられていた。

七代目火影、うずまきナルトからの差し入れ。梱包をとくと、一冊の本が出てきた。表紙には『全年齢版　新装イチャイチャパラダイス』とある。

「おー！　これが、カカシが話していた本か！」

本を手に取って、ナナラはくすりと忍び笑いを漏らした。

つやつやのカバーが巻かれた、分厚い上製本。帯に躍る『六代目火影、推薦！』という宣伝文句の隣には、親指を立ててウインクする六代目火影の顔写真が載っていた。

とろんとした目つきが眠たそうな、いかにもぼんやりとした男。

ずっと黙ってたなんて、人の悪いやつ！

ナナラの心の中を読んだかのように、レーが短く鳴いて首を縦に振った。

いつだったか、カカシが言っていた。争いに勝つよりも、争いを避けた方がいいって。

戦争に勝つのではなく、戦争を未然に防ぐのが良い指導者——だとすれば、カカシはやっぱり、最高の指導者だ。

『全年齢版　新装イチャイチャパラダイス』の表紙を一撫でしたらなんだか急に泣きそうになって、ナナラは慌てて表情を引きしめた。

カカシとの出会いは、先王がつないでくれた最高の贈り物だ。

■

烈陀国（レダク）を救い、ナナラのもとを去って、十五日。行きは二十日かかった道のりを、帰りは二度目の余裕からか少し短縮して、カカシは木ノ葉隠れの里に帰ってきた。

帰郷したその足で向かったのは——新市街の居酒屋だ。

顔見知りの店員は、カカシの顔を見るなり、苦笑い（にがわら）で奥の座敷を指さした。閉じた障子（しょうじ）の向こうで、知った声がぎゃーぎゃーと騒いでいる。行けたら行く、と返事をしておいた飲み会は、今まさにたけなわを迎えているようだ。

にぎやかな気配に、ようやく、ほっと心が落ち着いた。見知らぬ土地での潜入任務を終え、慣れた環境に戻ってこられたのだと実感が湧く。そう思わせてくれる仲間の存在が、いかに大切で得難（えがた）いものかということも。

遅刻しておいて目立つのもアレなので、忍者として鍛えたスキルを活（い）かして気配を消し、一番端の障子をそっと開けてさりげなく宴会に混じった。はずが、気配察知に優れた『根（ね）』出身の優秀な教え子に、いきなり背後を取られ、がしっと肩を掴（つか）まれた。

「も〜、先生遅いじゃないですか！　来てくれないかと思いましたよ！」

サイだ。かなり酔いが回っているらしく、顔がすっかり赤くなっている。

「いやー、ちょっと開始時刻を間違えてててね……」

と、カカシは苦笑いでごまかした。カカシが烈陀国に潜入していたことや、その目的は、ごく一部の人間にしか知らされていない。

「ところで、サイ。奥さんは？」

カカシがさりげなく話題を変えると、

「ここにいまーす！」

サイの背中から、いのがひょこっと顔を出した。頰がほんのりと赤く染まっているが、サイほどではない。美形で知られる夫婦が二人揃っている様は、たとえ場所が大衆居酒屋でも、妙に絵になった。

少し前まで、サイはけして酒を口にしなかった。暗部の人間が酔って羽目を外すわけにはいかない、というのがその理由だったが、要はべらぼうに弱いのだ。人前で酒に口をつけるようになったのは、国が安定して、火急の任務に招集される頻度がぐっと減ってからのこと。少し飲んだだけですぐこの有様になるのが面白くて、最近では、みんなによってたかって飲まされるようになってしまった。

「先生、何飲みますか？　新しく入った波の国の地酒、おいひかったれすよ～」

そう言ってサイが差し出してきたのは、メニューではなく、天ぷらののっていた竹皿だ。ありがとうとお礼を言って受け取った皿を、そのまま流れるような動作でいのに預け、カカシはすみの席に腰を下ろした。

ふらついたサイの背中を、いのが支えている。自然に密着するような形になった二人を、キバがすかさず茶化して、野暮を言うなとカルイに頭をはたかれた。その隣では、すっかり眼の据わったリーが、机に飾られた金木犀に向かってしきりに話しかけている。チョウジは「なんで一人でから揚げ全部食べちゃうの！」とテンテンから叱られていた。

あいつら、元気だなぁ……。

カカシは清酒を舐めながら、わちゃわちゃやってる連中の様子をぼーっと眺めた。みんなとっくに成人して、今では人の親になった者もいれば、忍として第一線で活躍している者もいる。それでも、何年経ってもカカシにとっては大切な教え子であり、守るべき次世代だ。彼らが楽しそうにしている姿を見ていると、それだけで心が和んだ。アスマやハヤテが生きていたら、きっと同じことを思っただろう。

感慨にふけるカカシの目の前に、四角いグラスが差し出された。

グラスいっぱいの大きな丸い氷の上を、琥珀色の液体がとろりと流れている。

「おかえりってばよ、カカシ先生」

隣に腰を下ろした現火影と、チンとグラスを打ち鳴らした。常温の蒸留酒をぐびりと飲み下したら、任務帰りの疲れがどっと押し寄せてきて、カカシは襖に背を預けた。

「カカシ先生が烈陀国へ行ってくれて、助かった」

ナルトは、青色の瞳をカカシに向けた。「どんな国であれ戦争は絶対に避けたいし、争いの火種も残したくないからよ」

「新王と仲良くしてやってって。がんばるって言ってたから」

「もちろん。先生の教え子ってことは、オレの後輩だからな」

ナルトの口調は、昔と変わらず、強気に満ちて力強い。でも、ちらりと窺い見た横顔は、お世辞にも顔色がいいとは言えなかった。頬が少しやつれているように見えるのは、火影の激務のせいだけではないだろう。

早く、なんとかしなければ——

カカシは頃合を見計らって、店の外に出た。

湿った風が吹き抜ける。標高がずいぶん下がったせいか、月も星も、烈陀国で見るよりずっと遠く感じられる。

シカマルは、居酒屋の壁に寄りかかり、煙草を吸いながらカカシを待っていた。

「カカシ先生。任務、お疲れ様でした」

「サクラとサスケは？」

「まだ、天文学研究所から戻りません。あっちはあっちで、厄介なことになってるみたいで」

「そうか。ま、あのコンビなら大丈夫だろうけど」

「ええ。……問題はナルトの病状です」

シカマルは声を低くして言うと、ちびた吸い殻を携帯灰皿に放り込んだ。焦れたように眉間をしかめ、妻に贈られたシガレットケースから二本目を取り出してつぶやく。

「急がないと、もう時間がない。このままじゃ、ナルトは一生……」

「あ――っ！　六代目ーっ!!」

道の向こうで、唐突に明るい声がした。

バタバタと、やかましい足音が三つ、近づいてくる。

ボルトとサラダ、それにミツキ。子供たちの声を聞くなり、カカシとシカマルは、それまでの深刻そうな表情を引っ込めた。

「カーカーシーのおっちゃァ――ん！　なんか久しぶりだってばさー！」

「なんだ、お前ら来たのか」

シカマルは、出しかけた煙草をしまうと、ぶっきらぼうに暖簾を目で指した。

「みんな店の中にいるぞ。お前らも、飯でも食ってけ」

「やったー、おごりだーっ！」

ボルトが、調子よく両腕を振り上げる。

「どさくさに紛れて酒飲むなよ。子供はジュース」

「わかってるってー！」

「私は先に帰ってる。せっかくイルカ先生にお土産買ったし」

そう言って、サラダは、桜色の紙袋を持ち上げて見せた。旧市街にある『たみ和菓子店』の苺大福。おいしいと評判ですぐに売り切れるので、なかなか買えないレアスイーツだ。

「イルカ先生の家にホームステイしてるんだっけね」

カカシに言われ、サラダは「うん！」と嬉しそうにうなずいた。

「パパとママ、今、長期任務でいないから。イルカ先生、料理がすっごく上手でね。いろいろ教えてもらうの、けっこー楽しいんだ」

「あぁ……あの人、器用だからなぁ」

男やもめの一人暮らしが長いのはカカシも同じなのだが、そもそも私生活に頓着がないカカシと違い、イルカはマメな家事をする。六代目火影の机はいつも書類やら資料やらが散乱していたのに対し、忍者学校の校長室はいつでもきれいに整頓されていることで有名だ。

「六代目、最近、ずっと里にいませんでしたよね。どこに行ってたんですか？」

「んー。ちょっと、温泉めぐりにね」

ミツキに聞かれ、カカシは、しれっとごまかして答えた。カカシの潜入任務のことはもちろん、ナルトが難しい状況にあることも、息子であるボルトにすら知らされていない。

——知らさない約束なのだ。

「また温泉かよ～っ。カカシのおっちゃん、いっつも温泉めぐってんな」

ボルトは、あきれたようにカカシを見た。

「湯舟にばっか浸かってっと、体ふやけちまうぞ」

「それは困るなぁ……」

あいまいに答え、カカシは眠たげな目を細めて苦笑いした。

NARUTO-ナルト-

カカシ烈伝

六代目火影と落ちこぼれの少年

2019年6月9日　第1刷発行
2025年6月25日　第5刷発行

著　者　岸本斉史◎江坂　純

装　丁　高橋健二（テラエンジン）
編集協力　添田洋平（つばめプロダクション）　長澤國雄
編集人　千葉佳余
発行者　瓶子吉久
発行所　株式会社　集英社
〒101-8050　東京都千代田区一ツ橋2-5-10
TEL　03-3230-6297（編集部）
03-3230-6080（読者係）
03-3230-6393（販売部・書店専用）
印刷所　共同印刷株式会社

ISBN978-4-08-703477-6 C0293

本書は書き下ろしです。